IL ME FAIT TOURNER LA TÊTE

MAXINE LAVOIE

City
Roman

Retrouvez tous les titres City Editions :

www.city-editions.com

Couverture : Maxine Lavoie / Shutterstock

ISBN : 978-2-8246-2366-5
Code Hachette : 76 5370 6
Collection dirigée par Christian English & Frédéric Thibaud
Catalogues et manuscrits : city-editions.com

Dépôt légal : Juin 2024

Le plus beau jour de leur vie

Sur une porte joliment patinée, un gigantesque M enlaçait un ravissant L, tous deux piqués délicatement d'œillets rouges. Face à la mariée, un champ de tables rondes coiffées de bouquets printaniers délicats. Tout semblait prêt pour le mariage. Elle sourit. Elle avait bien fait de déléguer. Elle se sentit tout à coup particulièrement sereine. La journée serait belle ou ne serait pas. Sa témoin, elle, était sur le front, affairée à vérifier que les salières s'accordaient bien avec les poivrières, que tout était, au millimètre près, parfait. Quant au marié, il partageait la légèreté de sa future épouse. Ce qui lui importait, par-dessus tout, était qu'elle dise oui et qu'ils trinquent. Des sourires, de la joie, des bulles.

Mais, anxieux ou non, aucun d'entre eux ne pouvait prévoir ce qui allait se passer. Il doit tout de même être rare qu'à un mariage, juste avant le fromage (qu'ils avaient payé un rein et qu'ils n'allaient pas avoir le temps de sortir), un invité se lève, tout sourire, s'essuie soigneusement le coin de la bouche avec sa serviette en tissu louée pour l'occasion et tente d'étrangler la grand-mère de la témoin de la mariée, alors même qu'ils étaient supposés ne pas se connaître, non ?

CHAPITRE INTERDIT NUMÉRO 1

Interdit : impératif institué par un groupe ou une société qui prohibe un acte ou un comportement.

Elle s'est échappée du repas familial. Juste quelques minutes. Face au miroir de son dressing, elle observe son corps, morceau par morceau. Quelle différence cela ferait s'il la touchait ? Sa cuisse resterait sa cuisse. Son ventre, son ventre. Et ses deux seins tendus ne changeraient en rien après avoir été titillés par sa langue. S'ils savent créer une bulle, si ça ne perturbe en rien les prochains repas de famille, si personne ne sait qu'ils ont consommé ce désir qui les brûle depuis qu'ils se sont rencontrés ? Ma chérie, je te présente mon frère. Là où elle aurait dû s'intéresser à ses études, à ses projets, elle avait juste pensé : « Même attraction chimique ultra-sexuelle, passionnant », puis elle s'était ravisée et avait adopté un comportement irréprochable. Celui qu'on attendait d'elle. Mais récemment, tout a changé en elle. Elle a craqué au boulot et depuis elle pratique le « la vie est courte, je dois en profiter ».

Elle retourne à table, soutient quelques conversations sans importance et décide qu'il est temps d'aller chercher le dessert. Elle se lève pour filer en cuisine et son beau-frère la suit, incité par un léger appel du pied qui l'a trop peu surpris. Et ils sont là, contre le tiroir des couverts, trop proches. Elle sent sa poitrine frôler son torse à lui à peine couvert d'une chemise blanche élégante. Et elle n'hésite pas à bouger doucement, appuyant un peu plus son téton contre le tissu qu'elle voudrait arracher. Il lui lance un regard qu'elle ne lui avait jamais vu avant et se plaque contre elle. Elle sent contre ses reins le rebord du plan de travail sur lequel elle a soudain envie de se faire prendre. Il n'est plus le beau-frère, il est homme, muscles, regard pénétrant, respiration rapide, chaleur magnétique, érection apparente. Des rires fusent de la salle à manger, les rappelant à l'ordre. Ramenée à la folie de ce dérapage, elle manque de paniquer mais il la maintient dans cet état en quelques mots : « La prochaine fois, ce sera plus que ça », avant de claquer derrière lui la porte de la cuisine.

Les nouveaux papas sont bien plus impliqués

Un dimanche lambda, Lucie fixait la double page de *Cosmo* intitulée « Les nouveaux papas ». On y décrivait avec enthousiasme des concepts novateurs qui auraient fait tomber sa mère de sa chaise : le papa souriant qui pliait le linge, le père impliqué qui partageait à parts égales la charge mentale de la famille. Un peu plus et l'homme ferait des camemberts de répartition des tâches pour s'assurer que personne ne soit lésé. Elle avait beau chercher, fouiller dans sa mémoire, aucun détail, pas une anecdote, pas la moindre ligne des témoignages des pimbêches souriantes en photo dans le magazine ne lui rappelait sa vie. Rien. Pourtant, elle et son compagnon avaient 30 ans, tout à fait le cœur de cible de la génération citée par la journaliste.

Trois jours après son retour de la maternité, Lucie s'était lancée dans la préparation d'un aïoli, le plat préféré de Marco, son amoureux. Elle était mère mais aussi épouse. Trouver le courage de cuisiner pour

Marco l'avait rendue heureuse. Ça l'avait rassurée. Elle s'était même sentie surhumaine pendant un moment. Elle montait la mayonnaise à l'ail, aussi concentrée que si elle était en train de sauver New York d'une tornade, quand sa Lolita avait décidé de remplir sa couche. Naturellement, elle en avait averti Marco.

— Hein ? avait-il simplement répondu.

Lucie avait ralenti l'allure de son fouet dans le bol et avait répété :

— La couche de Lolita est sale. Tu la changes ? Moi, j'ai les mains dans l'huile.

Et elle s'était remise à fouetter et à rêver à leur futur quotidien harmonieux.

— Euh… Tu déconnes, là. Je vais pas toucher ça, moi !

Il avait fait une pause pour rire gras. Lucie avait cru entendre Robert du PMU. Et Marco avait conclu :

— C'est un boulot de bonne femme !

Oui, il avait bien dit « de bonne femme ». Il ne s'était pas contenté de le penser. Elle n'en revenait tellement pas qu'elle avait lâché son bol, avait sorti doucement sa fille de son transat et avait rejoint la salle de bains, en silence. Marco, lui, était reparti vaquer à ses occupations masculines en secouant la tête et en marmonnant : « Nan mais, n'importe quoi. » Sur le coup, Lucie n'avait pas vraiment su si c'était normal. De mémoire, son père non plus ne s'était jamais vraiment occupé d'elle, excepté pour jouer.

Depuis cette scène, les mois avaient passé et rien n'avait vraiment changé. Un congé parental avait suivi un congé maternité plutôt serein. Lucie ne réussissait plus à se séparer de sa « petite boule d'amour toute chaude », comme elle appelait Lolita. Marco, lui, continuait à être légèrement en retrait. Peut-être se sentait-il simplement un peu exclu de la relation quotidienne créée entre la mère et la fille ? Allez savoir... Et enfin, il ne fallait pas exagérer non plus : Marco était câlin avec la petite. Il la faisait sauter dans tous les sens et jouait avec elle au ballon... D'ailleurs, il avait commencé à se rendre compte de sa présence quand elle s'était mise à marcher. Lucie se sentait plus apaisée depuis, comme rassurée. Et la jeune maman avait repris le travail, convaincue que les choses allaient se rééquilibrer, enfin ! Ils auraient tous les deux une vie active et seraient à égalité. Ils l'avaient inscrite à la crèche des Magnolias (Lucie, en signant l'inscription, s'était demandé si c'était normal que les crèches aient les mêmes noms que les Ehpad). De 8 h 15 à 18 h 30. Lucie l'amènerait le matin et son père irait la récupérer le soir. Enfin, le partage ! Du moins, c'est ce qu'elle avait cru. Mais elle avait rapidement fini par se coltiner les deux trajets. Il fallait comprendre aussi, son amoureux avait toujours un chantier à finir, un pot de départ ou d'arrivée au boulot (voire un pot de mi-parcours), ou un copain à aller voir. C'est simple, les assistantes de crèche n'avaient jamais vu sa tête. Une affaire de filles, tout ça.

Un soir à table, Lolita mit le feu aux poudres :

— Charlotte, à la crèche, elle a dit : c'est qui, mon papa ?

Lucie avait recraché son velouté de concombre-menthe. Marco avait rigolé. Personne n'avait répondu à la gamine. Le soir, s'en était suivie une dispute terrible entre les deux jeunes parents. C'était la première pierre qui tombait de leur édifice.

— Tu me prends pour ta boniche, en fait ?

— Ma boniche ? Comment ça ?

Marco joua l'innocent en espérant que Lucie se lasse et ne pousse pas le conflit. Il savait pertinemment que sa compagne faisait toujours tout pour éviter que le ton monte, avec tout le monde.

— Le matin, je prépare Lolita, je la fais manger, je l'habille, je la dépose à la crèche, je vais au boulot, je vais la récupérer, je LUI prépare à manger, je NOUS prépare à manger, je ME tape les courses, le ménage, et j'en passe ! Marco, merde !

Marco avait arrêté de suivre l'énumération pratiquement dès le début. Il n'entendait plus qu'une liste désordonnée de « Je fais ci, je fais ça ».

— C'est presque sur ton chemin, la crèche. Mais, attends, tu dis que je fais rien, là ?

— Non je ne le dis pas… je le clame ! D'ailleurs, j'ai une de ces envies de le crier sur tous les toits ! Parce que tu passes pour le papa mignon mais tu t'en branles d'elle ! Tu joues, tu joues, mais tu disparais dès qu'il y a une corvée à gérer.

Il n'avait jamais entendu sa compagne prononcer : « Tu t'en branles. » Dans d'autres circonstances, ça l'aurait peut-être même fait rire, elle qui le fâchait comme un gamin à chaque fois qu'il jurait.

— Mais t'es malade ! Arrête de crier, tu vas la réveiller.

— C'est moi qui suis malade…

— T'exagères toujours, de toute façon. On ne peut jamais discuter avec toi. Des fois, tu sais, je me demande si t'es pas un peu…

Lucie fondit en larmes. Et merde ! Elle ne supportait pas le conflit. Elle ne réussissait jamais à tenir tête à quelqu'un jusqu'au bout. En chialant, elle passait pour une faible. Ce soir-là, Marco fut convaincu d'avoir gagné, sinon la guerre, au moins du temps, tandis que Lucie, elle, continuait à fixer l'article de *Cosmo* en concluant que la journaliste avait peut-être raison : il fallait qu'elle trouve un nouveau papa à Lolita.

À l'hôtel des culs tournés

Mathilde, aussi agitée qu'un poisson surpris par un tsunami, pestait auprès de Lucie, sa collègue :

— Il est rentré à minuit et demi. Il tirait la gueule. Moi qui l'avais attendu comme l'idiote que je suis alors que j'étais crevée ! J'avais préparé à manger. Eh bah, figure-toi que MONSIEUR n'avait pas faim !

— Pffff, ils sont relous, conclut Lucie.

— Je l'ai acculé et j'ai fini par comprendre le fin mot de l'histoire ! Il s'est engueulé avec William, son associé, tu sais, celui avec qui il vend des pochettes de disques dans les festivals… Le ton est monté parce que Martin a refusé un partenariat fixe. On lui proposait toute la créa des pochettes de disques d'Universal.

— Waouh ! Et pourquoi il a refusé ?

— Pour ne pas se sentir piégé et continuer à laisser vagabonder librement son inspiration. Tu m'étonnes que son associé ait pété une durite… J'imagine trop la scène, on dirait un vieux couple, ces deux-là ! Des fois , je me demande s'il y'a pas un truc entre eux.

— Oh arrête, t'es bête !

— Mais si, je t'assure, ils sont tout le temps ensemble, j'ai l'impression que c'est sa gonzesse !

— Madame, je voudrais payer, s'il vous plaît.

Une cliente du magasin d'épices venait de se racler allègrement la gorge pour signifier aux deux vendeuses en pleine discussion qu'il était temps qu'elles fassent leur boulot. Mathilde avait changé de pièce et Lucie avait encaissé ladite cliente impatiente qui avait quitté la boutique en maugréant.

— Et ça s'est fini comment ? demanda Lucie.

— Hôtel des culs tournés ! C'est bon, moi je sature !

— On a dormi à la même adresse cette nuit alors, toi et moi…

— Ah merde. Qu'est-ce qu'il t'a fait, ton Marco, encore ?

— Bof, un peu comme d'hab. J'étais crevée, j'ai récupéré la petite à la crèche, on a joué un peu, je lui ai donné à manger et je l'ai couchée. Ensuite, j'ai préparé la popote pour nous, j'ai mis le couvert et j'ai attendu que Marco rentre. J'ai tellement attendu que j'avais plus faim et que je suis allée dormir.

— Mesdames, vous faites le grué de cacao en grands sachets refermables ?

Mathilde chuchota à Lucie :

— Oh, mais elles ne vont pas nous lâcher aujourd'hui !

— Oui, bien sûr Madame. Vous en voulez quelle quantité ?

Mathilde servit l'amatrice de grué de cacao et revint voir sa collègue qui n'avait pas résisté à la tentation de s'affaler dans le fauteuil club réservé aux clients.

Heureusement que le patron ne venait pas souvent et perdait la boule. Même si des clients s'étaient plaints un jour, il ne s'en serait pas préoccupé ou bien même pas souvenu. Pratique.

— Mais il était où, ton mec ? relança Mathilde.

— Il était censé finir un chantier et rentrer pour dîner entre 20 heures et 20 h 30. Moi qui lui avais demandé un horaire approximatif pour gérer au mieux la cuisson du rôti… Je dois être vraiment conne… bref. Quand il est rentré, je dormais déjà, pourtant je sais quelle heure il était. Et tu sais pourquoi ?

— Non, mais tu vas m'le dire.

— Parce que, Monsieur, tout bourré qu'il était, a cru qu'il pourrait mettre un petit coup à Bobonne en rentrant à 3 h 20 du mat au lieu de 20 heures ! Et ça après l'engueulade de la semaine dernière…

— Oh, le con !

Les deux jeunes femmes se mirent à rire, jaune, mais à rire quand même.

— J'peux t'dire qu'il a vite rangé l'matos ! Non, mais j'hallucine.

Ainsi allaient bon train les conversations au quotidien entre Mathilde et sa collègue Lucie. Elles parlaient de tout, mais surtout de leurs mecs. Chaque vendredi, elles jouaient un moment à « C'est le mien le pire ». À tour de rôle, elles citaient un défaut, une mauvaise action, une réflexion désagréable, une sale manie de leur conjoint et tentaient de remporter un « point loser ». Lucie avait de l'avance, il faut dire que Marco, dans cet unique domaine, était un vrai champion.

— Dis, Lucie…

— Ouh là là, t'as l'air sérieuse, d'un coup, je dois flipper ?

— Mais non, t'es bête ! Juste… mon meilleur pote, Luc, il m'a confié un secret mais j'me dis que si je t'en parlais… enfin, ça me préoccupe, son histoire, et je crois qu'il fait une connerie.

— Si je peux aider… conclut Lucie qui, il faut l'avouer, était bien plus curieuse qu'altruiste.

Et puis, c'est bien connu, un secret, c'est moins lourd à porter à deux.

— Il couche avec une femme plus âgée.

— Et ?

— Et elle est mariée.

— Ah, là, c'est problématique.

— Comme tu dis, problématique, répéta Mathilde en se grattant l'arrière du crâne.

— Et c'est pas tout !

— Dis voir…

— Il est amoureux.

— Ouch, ça c'est vrai-ment problématique.

Lucie allait continuer son interrogatoire pour conseiller au mieux Mathilde et par extension son meilleur ami mais un client entra.

Elles durent répondre à ses questions, aller chercher des produits en stock et encaisser un panier important. Luc dut attendre pour obtenir l'expertise amoureuse de Lucie qui était loin d'être une référence.

Un amoureux sans papiers

Luc était foufou. Il sautait partout. Il rejoignait Marthe. Il rejoignait SA Marthe. Là, bientôt. Son impatience suivait le rythme de ses pas de danse ridicules sur le trottoir. Tout le monde le regardait, mais il s'en fichait. Tous les hommes autour de lui feraient comme lui s'ils avaient rendez-vous avec Marthe. Il était dans cet état euphorique chaque jeudi après-midi. Cette routine amoureuse et sexuelle le rendait heureux. Du moins, le jeudi. Il posait sa RTT hebdomadaire pour se noyer dans la luxure avec son amour. Il quittait le travail, y laissait sa tête pour laisser s'exprimer son corps. De toute façon, il ne fallait pas qu'il réfléchisse trop. S'il pensait trop, il était foutu, morose. Bref, là, maintenant, il était heureux. Il arrivait toujours avant Marthe à l'hôtel. Ils avaient leur chambre désormais. La 23. Ce n'est pas qu'il aimait trop les chiffres impairs, mais bon. Le réceptionniste le saluait. C'était bref. Un sourire, une phrase anodine, souvent sur la météo et la remise de la clé. Une grande clé dorée un peu *has been* liée à une breloque en cuir vert pomme sur laquelle avait dû être dessiné, un jour, un éléphant.

Il gravit deux par deux les marches en velours de l'escalier principal, comme s'il était pressé, comme si Marthe l'attendait déjà dans leur lit éphémère, lui qui rêvait de la voir un jour dans son lit à lui, d'être réveillé par un rayon de soleil et de se heurter à son corps nu à peine enroulé dans un long drap blanc. Il chassa de la main cette idée. C'était marrant, cette chambre d'hôtel n'était ni belle, ni accueillante, ni bien décorée, ni vraiment propre. Mais il s'y sentait bien. Le dessus-de-lit élimé, aux couleurs pastel à deviner plutôt qu'à admirer, lui rappelait des sensations de plénitude, des moments de douceur, des caresses délicates et des instants de jouissance extrême. Cette chambre était liée à son amour clandestin, il était un amoureux sans papier.

— Comment as-tu atterri là ?

Ce fut la première question de sa meilleure amie lorsqu'il lui avait raconté sa relation avec Marthe et leurs moments volés à une vie bien rangée. Elle était la seule à être au courant. Luc ne s'était jamais demandé pourquoi il mettait un voile si opaque sur cette partie de sa vie. Certains de ses copains pensaient même qu'il était gay. Si seulement ils savaient ce qu'il vivait…

— C'est que Marthe avait souvent rendez-vous avec un promoteur immobilier à côté, rue du Souffre. Au début, on se retrouvait dans un hôtel près du parc Prébendes mais elle était toujours en retard, enfin, encore plus en retard. Oui, c'est un être qui se fait attendre, tout le temps. Je la soupçonne de ralentir le pas quand elle voit qu'elle va être à l'heure.

— Tu parles d'elle avec un sourire si niais, c'est flippant !

Mathilde était comme ça, dure et franche. Elle s'insurgeait de tout, mais au moins, on savait ce qu'elle pensait. Luc l'aimait pour ça, entre autres choses. C'était aussi une sacrée rigolote, mais ce n'était pas la question, là, maintenant.

— Oui bon…

Luc grommela un peu. Tiens, il n'était pourtant jamais susceptible. Il prenait souvent les remarques de Mathilde en pleine tronche, il accusait le coup mais s'en remettait toujours en quelques secondes. Presque en souriant. Sauf là. Ça concernait Marthe, ça touchait son honneur, son orgueil et, dans un dernier temps, sa confiance en lui. Il se tut, penaud.

— Oh ça va, te vexe pas ! Ce que je voulais te demander au début, c'est comment tu as atterri dans cette relation adultère avec une vieille.

— J'en sais rien… Elle est belle. Elle me rassure, je crois.

— Mouais… Et tu comptes arrêter quand ?

— Arrêter ? Jamais. Elle va bientôt quitter son mari.

— Ah oui, ça a l'air simple, vu comme ça. Mais elle ne quittera pas son mari, tu sais…

Mathilde se recoiffa avant de reprendre :

— Elle l'aurait déjà fait.

— Tu la connais pas.

Mathilde haussa les épaules et Luc continua :

— C'est compliqué. Ils ont une vie ensemble et puis elle ne veut pas lui faire du mal.

— À lui, non.

Et leur discussion avait cessé. Luc, depuis, s'était toujours arrangé pour ne pas la relancer. Il repensait à cet échange, souvent, et toujours exactement au moment où il prenait sa douche dans la cabine en plastique d'un autre temps de la chambre 23. Il se frottait le dos et il imaginait Marthe en train de lui annoncer : « Ça y est mon tout doux, mon mari sait. Il a crisé, un peu pleuré mais finalement ça s'est bien passé. Je peux venir vivre chez toi ? » et puis il se passait un coup d'eau sur le visage et revoyait Mathilde, toujours si visionnaire et perspicace, le regard blasé, en train d'essayer de lui remettre les idées en place. Il sortait toujours de sa douche, mitigé, poussé par l'espoir mais avec un petit goût amer dans la bouche. Non, il n'était pas comme toutes ces maîtresses baladées pendant des mois par un amant malin qui leur promet la lune et qui reste pourtant bien au chaud dans son lit douillet avec sa femme. Il les trouvait ridicules, elles, naïves, stupides. Comment pouvaient-elles croire ces types immondes qui mentaient à tout le monde constamment ? Comment pouvaient-elles imaginer une seconde que le mec allait abandonner sa vie pour elles, pour des cruches pleines d'un espoir surréaliste ? Avec Marthe, c'était différent. S'il était dans sa situation, lui aussi il ferait traîner les choses. Il la comprenait, du moins, il savait s'en persuader. Et puis, elle, elle l'aimait, et elle le lui disait ! Il n'était pas un simple amant, il était son « tout doux ».

Il ressassait ces idées quand Marthe arrivait. Il entendait ses petits pas délicats sur la moquette orange. Il reconnaissait le bruit de son talon aiguille. Son cœur s'emballait. Il savait que ça arriverait bientôt. Que Marthe allait tourner de ses doigts délicats la poignée ronde, que ses ongles vernis glisseraient sur la porcelaine blanche, qu'elle allait pousser la porte et coller un sourire sur ses lèvres fines et maquillées. Son odeur la précédait. Jasmin et fleur d'oranger. Il frissonnait d'habitude, de désir, d'excitation et d'impatience.

Ce jeudi, elle portait une robe blanche asymétrique légèrement décolletée qui le laissait observer la base de son cou, un peu vieillie, soyeuse et plissée, le cou de Marthe… Oh, ça le rendait toujours fou ! Il oubliait ses doutes, ses reproches, ses appréhensions et ses envies de plus. Il aurait, de toute façon, tout le temps de ruminer ses idées noires le reste de la semaine, le soir surtout, quand il se coucherait seul pendant que Marthe serait étendue à côté de l'Autre.

— Bonjour mon tout doux. Viens me serrer fort.

Oui, c'est toujours lui qui devait aller vers elle.

— J'arrive mon amour, j'arrive.

Et il courait vers celle qu'il appelait secrètement sa femme en maintenant sa serviette accrochée autour de sa taille. Il savait qu'il jouait à un jeu dangereux, pour lui. Il prenait de temps en temps conscience du fait que cette créature qu'il admirait et qu'il aimait sincèrement n'était qu'une image mais s'endormir en répétant : « Ma femme, la mienne, ma Marthe » était trop tentant, trop délicat, trop précieux. Alors, il choisissait de s'engouffrer dans le risque, de s'y enrouler et d'espérer que le temps décide de lui donner raison plutôt que de le détruire.

— Ce que tu es beau, ce que tu es doux aujourd'hui, lui dit-elle en passant délicatement le bout de son index sur son épaule nue.

Luc pensa qu'il avait bien fait d'investir dans de l'huile de coco et de s'en enduire le corps pour le bon plaisir de sa jolie.

— Tu as des nouvelles chaussures ? Tu les as achetées pour moi ?

— Oh non, ça fait des années que je les ai.

Et ils rirent. Elle répondait toujours ça. Elle avait l'habitude de répondre ça à son mari. Ce n'est pas qu'il l'empêchait d'acheter quoi que ce soit mais elle s'évitait la sempiternelle réflexion : « Mais combien de paires de pieds as-tu, ma chérie ? »

— Tu pourras les garder ?

— Oh, mais tu es d'humeur coquine aujourd'hui, Luc ?

Il détestait quand elle l'appelait Luc. Il avait l'impression de se faire réprimander comme un gamin et, dans ces moments-là, leur différence d'âge lui sautait aux yeux et au cœur. Mais il ne réagit pas. Il faut dire que Marthe se vexait rapidement. Il était arrivé qu'elle parte ! Qu'elle prenne son air figé de « OK, tu me fais des réflexions, puisque c'est comme ça, je m'en vais ».

Pour faire taire la voix dans sa tête, Luc avança vers elle. Il l'attrapa par la taille, lâchant alors sa serviette, prenant le risque que celle-ci glisse jusqu'à ses chevilles. Marthe, d'un coup d'ongle expert, défit le nœud qui la séparait du sexe de son jeune amant. Ce jour-là, ils firent l'amour passionnément. C'était parfois tendre, parfois drôle, parfois plus brusque mais toujours bien. Marthe se rhabilla en chantonnant. Elle fredonna « Allez venez Milord ». Luc se laissa bercer. Encore une chanson qui lui ferait penser à elle, plus tard. Il enfila sa chemise qu'il avait soigneusement pliée et posée sur le fauteuil crapaud en tissu kaki.

— Marthe, pourrais-tu te renseigner sur la plus-value en Espagne ? J'ai un client qui veut revendre son appart à Barcelone pour acheter un superbe loft à l'agence mais il doit la calculer et j'avoue que je n'en ai aucune idée…

— OK. Je peux regarder. Mais je ne pourrai te répondre que jeudi prochain. Ça ne sera pas trop tard ?

— Bah non voyons, demain midi, on déjeune.

— Mon chou, demain c'est le 1er mai, c'est férié. Jean-Paul m'emmène en week-end ! Il va faire un temps magnifique, je suis ra-vie.

CHAPITRE INTERDIT NUMÉRO 2

Lucie détestait le sport et il le lui rendait bien. Régulièrement, elle achetait des équipements complets (de skate, de tennis, de running…) et avait, un moment, l'impression qu'elle était experte de la discipline. Mais, dès qu'elle se lançait, c'était laborieux, trop. Alors, à ce cours de Paddle entre copines, elle pensait que son orgueil allait en prendre un coup. Elle remontait son string sous sa jupette un poil trop petite quand elle avait senti un regard. Elle avait osé se retourner et l'homme qui l'observait ne prit pas la peine de se cacher. Jamais Lucie n'avait rencontré quelqu'un comme lui, déterminé et franc. Elle lui avait souri, plus par test que par désir. Il avait osé un clin d'œil et, du menton, lui avait indiqué les vestiaires. Lucie fit une rapide analyse mentale de la situation. Elle avait à peine 20 ans, était célibataire et peu sûre d'elle. Si ça se trouve une occasion comme celle-là ne se représenterait pas… Elle ne réfléchit pas longtemps, aveuglée dans son jugement par les bras musclés de l'inconnu bien décidé. Elle toqua légèrement à la porte du vestiaire. Elle entendit un « Entre » chaudement susurré. Lucie se figea, inspira un grand coup et poussa la porte. L'homme devant elle était nu. Une petite quarantaine. Il se maintint debout comme pour lui permettre de le regarder. Il s'offrait à elle. Lucie s'avança, timide. Des pas s'approchèrent du vestiaire pour hommes. Elle paniqua et par instinct se réfugia dans les bras parfaitement dessinés que l'inconnu lui tendit. Elle sentit contre elle un corps très ferme, des abdos, un sexe tendu contre son bas-ventre. Un « Embrassez-moi » sortit d'elle sans qu'elle l'anticipe. Il obtempéra. Elle aima sa langue et sa danse en elle. Elle aima qu'il la saisisse et la porte jusqu'au banc en bois, qu'il l'allonge, qu'il la déshabille doucement mais sûrement. Elle aima qu'il lui demande doucement : « Tu es prête ? » comme si c'était sa première fois. Oui, elle l'était. Il entra en elle facilement. Elle eut l'impression qu'il poussait les parois, qu'il la remplissait totalement et, quand il sortait, elle le suppliait de rentrer à nouveau. Ils jouirent en même temps, ce qui n'était jamais arrivé à Lucie et ce qui ne lui arriva plus jamais par la suite. Parfois, elle repense à lui. Elle ne sait plus son prénom mais elle se souvient de tout le reste.

Tout roule entre nous

Lola a 31 ans. C'est une jolie brune très sportive aux muscles dessinés, à la taille marquée et aux hanches presque invisibles. 1,75 mètre, des traits fins, un sourire puissant et contagieux. Elle aurait pu être mannequin mais elle n'est pas assez fille pour ça. Le vernis en est le meilleur témoin. Elle en met, de temps en temps, par périodes, mais, rien à faire, il ne tient pas sur ses ongles. Pourquoi, dès qu'elle entreprend un geste, il s'écaille, s'effrite, se fait la malle ? Ce n'est pourtant pas faute d'essayer. Et c'est ce qu'elle fit en ce vendredi matin, vendredi 1er mai. Elle plaça délicatement sa main de pianiste pourtant non musicienne sur la table, bien à plat, bien propre et bien sèche, appliqua le vernis, le fit sécher, puis mit patiemment une seconde couche. Dans les règles de l'art. Elle apprécia un instant le résultat joliment nacré et attendit que le vernis soit parfaitement sec. Puis, elle enfila une veste et osa prétendre attacher un bouton mais, en un raclement, l'index fut dénudé de sa parure colorée. Elle lâcha un « Putain de merde ! » et hésita entre tout enlever en plongeant sa main énervée dans un bain de dissolvant ou rattraper l'ongle abîmé.

Pfffff, se dit-elle. *De toute façon, pour aller faire du roller...*

Elle retira tout son attirail de princesse qu'elle n'est pas.

— Tu es prête, mon ange ?

— Oui, je suis prête ! Mon sac est fait, je suis en tenue ! Dis, je mets des baskets pour partir et j'enfilerai mes rollers, arrivée sur place, ça te va ? On est larges, non ?

— Oui, t'inquiète. T'auras le temps de les mettre avant le départ.

Elle se préparait toujours vite. Ce qui plaisait à Mathieu. Son ex, Capucine, mettait une plombe à s'habiller, et pour préparer une valise… je ne vous raconte même pas ! Elle était toujours apprêtée, assortie, parée de couleurs associées et de bijoux coordonnés. Au début, quand les potes de Mathieu avaient rencontré Lola, ils avaient halluciné ! Le changement était si radical. Lola possède cette élégance légère qui fait d'elle une femme même en jogging, mais, de prime abord, elle est plus garçon manqué que minette coquette. Mathieu était tombé fou amoureux d'elle pour ça. Il reconnaissait en elle plusieurs personnages indispensables à son équilibre. Elle était forte, elle le soutenait. Elle avait l'esprit de compétition, elle le défiait. Elle était drôle, elle l'amusait. Elle le rabrouait aussi, il se laissait guider. Bref, quand il lui demandait si elle était prête, elle l'était.

Il avait tout organisé pour ce week-end de compét de rollers. Une course de vingt et un kilomètres sur un parcours magnifique. Il savait que sa chérie allait adorer. Lui, il était déjà adepte avant de la rencontrer et elle avait tout de suite eu envie de le battre à son propre jeu. En à peine quelques semaines d'entraînement acharné, elle y était parvenue ! Il fallait bien l'avouer, elle allait plus vite que lui ! *Grrrrrrr*, pensait-il souvent tout en étant très fier d'elle. Pendant la course, Mathieu observa sa dulcinée glisser délicatement sur le bitume, montée sur des roulettes. Ses jambes étaient moulées dans son caleçon de running. Il la trouvait si sexy. Il se demanda si les pauses coquines étaient autorisées. Elle se retournait régulièrement pour lui sourire, un grand sourire blanc et enfantin.

— Allez mec ! Tu vas finir par me ralentir ! Je veux bien t'attendre un peu mais je vais pas te traîner en rappel. T'as une corde, au moins ?

— Ouh là là, m'énerve pas Lola ! Sinon…

— Sinon quoi ? Quoi que tu veuilles me faire, il faudra déjà que tu me rattrapes et ça, j'en doute fort, ah, ah.

Elle piqua un sprint. Mathieu était rincé. Sa semaine avait été dure. Son patron était sur un gros coup avec les Chinois. Un projet qui pourrait sauver la boîte, boîte qu'il comptait laisser entre les mains de son chargé de production (ledit Mathieu) deux ans plus tard seulement. Il n'avait pas le droit à l'erreur alors il carburait, il était présent, fiable et impliqué. Lola comprenait la situation et encourageait son homme autant qu'elle le pouvait. Il mobilisa ses dernières forces et la rattrapa.

— Non mais oh ! Je ne vais pas me laisser devancer par une gonzesse !

Elle rit. Son chéri, macho ? Jamais de la vie ! Elle ne l'aurait pas supporté, pour ça, elle avait déjà son père. Après la course, Mathieu l'emmena dans une auberge en pleine nature. Ils logeaient dans une cabane qui les transporta à la montagne. Il y avait des ânes, des poules, des chèvres et même des lamas !

— Je veux un lama !

Elle voulait avoir chez elle tous les animaux qui, sur le coup, la faisaient craquer. S'il l'avait écoutée, leur appartement aurait accueilli un ouistiti, un porcelet, un marcassin, un poussin (ou même deux pour ne pas qu'ils s'ennuient), une chouette et maintenant un lama. Mathieu la regarda, silencieux. Lola remarqua la tendresse dans les yeux de son compagnon et lui répondit par un sourire. Le sourire de Lola.

— Je vais me faire tatouer, avoua Mathieu.

— Ah bon, lui répondit Lola, un peu distraite.

— Tu ne me demandes pas quoi ?

— Quoi ?

Il rit et elle se reconnecta à l'instant.

— Ton sourire.

Lola se mit à jouer du violon imaginaire, Mathieu attrapa son faux pipeau et ils jouèrent un concert virtuel jusqu'à ce que Mathieu, rattrapé par le désir, plaque Lola au mur et l'embrasse sans détour. La suite ne vous regarde pas… mais si vous êtes curieux, tournez la page et tournez le livre.

CHAPITRE INTERDIT NUMÉRO 3

Mathieu ne se reconnaissait plus. Lui, d'ordinaire si tranquille, un poil trop classique même, se laissait emporter par un désir incontrôlable. Pour une fois, au diable les convenances ! Lola l'avait tant émoustillé pendant la course de rollers. Il aurait presque honte de l'avouer mais ce qui avait concentré son excitation était de la savoir transpirante. Il ne pouvait rien y faire, il adorait l'odeur de Lola. Il la trouvait envoûtante, entêtante. Quand il la sentait, il se mettait à respirer plus vite, presque à haleter, et il avait envie de l'embrasser à pleine bouche, de la croquer même mais, il se contenait. Enfin, jusqu'à ce jour précis, il s'était contenu. Était-ce le fait d'être hors de chez eux ? Loin de leur train-train qui, tout à coup, l'avait fait sortir de son rôle d'amoureux attentionné ?

— Mais… fit semblant de protester Lola, mais…

Et, avec une autorité presque dérangeante, il plaqua sa main sur le sein gauche de Lola, il l'attrapa comme il aurait enserré un objet lui appartenant de droit. Il relâcha un peu la pression en la fixant droit dans les yeux. Son regard était clair, il savait ce qu'il voulait, là, et rapidement. Lola pencha un peu la tête en arrière et dévoila son cou à cet homme qu'elle avait du mal à reconnaître. Il y enfouit son visage et y écrasa sa bouche, il se mit à lécher sa peau puis à la mordiller avant de mordre tout à fait. Une fois. Une vraie fois. Lola gémit mi-excitée mi-effrayée. Pris d'une énergie nouvelle, Mathieu lui ordonna plus qu'il ne lui susurra :

— Au lit.

Lola se dit que, peut-être, la raison avait retrouvé le chemin adéquat et que Mathieu sonnait la fin de la journée comme il le faisait tous les soirs sur un ton enjoué. « Allez au dodo, il est tard ! » Mais elle comprit rapidement, quand il sortit de la salle de bains, que ce n'était pas son programme immédiat. Allongée sur le lit, tremblotante d'incertitude, elle vit son amoureux, d'habitude si calme et si prévisible, s'approcher d'elle, le regard suintant d'excitation, le torse nu et la braguette descendue. Elle hésita entre s'offusquer et jouer à un jeu qu'elle n'avait jamais même imaginé. Et, sans prendre conscience de ce qu'elle s'apprêtait à faire, elle dit doucement :

— Sors-la et dis-moi ce que tu veux que j'en fasse. Je… je ferai ce que tu veux. Tout ce que tu veux.

50 nuances d'espoir

Un jour, Lucie s'était résignée. Ça l'avait prise comme ça, sans prévenir. Elle avait pourtant lutté, longuement, courageusement. Elle avait laissé passer la vague de la tentation en courbant le dos et en rentrant la tête. Mais un jour, elle avait craqué. Elle s'était mise à lire *Cinquante nuances de Grey*, comme sa cousine, comme sa voisine, comme sa copine, comme sa mère, comme sa tante et même comme son oncle ! Elle s'était tant insurgée contre les romans pornos qui se démocratisaient. Il faut dire qu'elle a plutôt une mauvaise image du porno. Son cher Marco, avant de la connaître, il le lui a avoué, un peu contraint et forcé, on va voir comment, vouait une passion aux films pornos.

Un soir, elle venait de coucher Lolita et, au lieu de filer prendre une douche comme toujours, elle était redescendue au salon. Elle avait envie de surprendre son amoureux, de détendre un peu l'atmosphère entre eux en se glissant dans ses bras sur le canapé et en n'abordant aucun sujet potentiellement source de conflit. Elle n'avait pas été déçue. Il était bien là, avachi, mais au lieu de regarder la télé, il avait le regard figé sur son smartphone. Si figé qu'il n'avait pas tout de suite vu arriver sa compagne. Il avait ensuite essayé de sortir de l'application de vidéos alors ouverte, si maladroitement que son téléphone était tombé (sans se retourner, pas de chance, mec) et avait offert à Lucie une vision magnifique d'une jeune blonde visiblement ravie de vivre une éjaculation faciale devant la caméra. S'en était suivie une discussion houleuse à la fin de laquelle, comme d'habitude, Lucie s'était mise à pleurer.

Bref, elle avait tellement crié au scandale, à la perversion, à l'ignominie qu'elle avait un peu honte d'avouer qu'elle aussi elle voulait lire *Cinquante nuances de Grey*. Mais la solution s'était imposée à elle ! Elle l'avait acheté sur Kindle, en livre numérique. Personne ne pouvait voir la couverture, et personne ne se préoccupait de ce qu'elle lisait sauf Mathilde qui se moquait un peu d'elle mais toujours gentiment. Et elle ne le lâchait plus ! Elle se cachait dans la réserve du magasin pour lire. Elle ne voulait plus quitter Christian. Elle avait envie d'être, elle aussi, une jeune fille sous l'emprise d'un mâle manipulateur, riche et sexy. De temps en temps, le soir, pleine de petits frissons d'espoir, elle se disait qu'elle allait retrouver à la maison un homme charismatique et charmant qui, d'un coup d'œil, allait la faire fondre de désir et lui faire tourner la tête… Mais elle retrouvait Marco, en marcel, mal sapé qui affichait au mieux un sourire niais et au pire un air blasé. Qui, la plupart du temps, traînait des savates sales. Qui était mal coiffé, mal rasé et mal baisé (oups, ça, c'était peut-être de sa faute). Et elle se demandait alors comment elle avait pu tomber folle amoureuse de cet homme au charisme d'une huître laiteuse.

À la vie à l'amor

Enfant, Martin, l'amoureux de Mathilde, n'avait pas d'amis. C'était un gamin marginal. Plutôt bien élevé, quoi que son éducation puisse quand même être qualifiée de trop laxiste. Ses parents étaient pour le « S'Il aime faire ça, laissons-le faire, s'il n'aime pas, ne le forçons pas, l'important, c'est qu'il s'exprime ! ». Il était brillant en français, en musique et en géographie. Les matières qu'il affectionnait. C'était un élève au mieux rêveur et au pire dissipé dans les autres matières qu'il trouvait « inutiles à souhait ». Les autres gosses étaient jaloux de lui. Eux, on les forçait à tout étudier et à exceller partout. Pour les parents de Martin, un zéro pointé en mathématiques ne provoquait pas un esclandre et encore moins une punition. Ils étaient contre les privations et les sévices en général. Martin se la coulait douce. Et il cognait aussi. Personne ne sut jamais pourquoi cet enfant aimait se bagarrer, enfin, plutôt frapper les autres parce que, même s'il était plutôt sec, ses gestes étaient rapides. Il prenait rarement un coup et, souvent, le premier qu'il offrait à son petit camarade suffisait à arrêter la baston. Ça faisait marrer Luc, le premier de la classe. Il se battait (façon de parler) avec lui en français pour obtenir les meilleures notes et tentait de l'aider en maths mais Martin s'en fichait totalement. À la place, il s'amusait à débaucher son « pote », comme il l'appelait déjà. Deux caractères très opposés. Le petit merdeux créatif et bagarreur et le petit sérieux assidu et craintif. Une amitié étrange mais solide qui dure encore vingt-cinq ans plus tard ! Aujourd'hui, Luc se dit qu'il a toujours su que son copain serait artiste envers et contre tous. Même contre Mathilde qui, il le sent bien, en a sa claque de vivre une vie de bohème qu'elle qualifie de « précarité artistique ». Elle était avec eux en classe.

Si on lui avait dit, gamin, qu'ils se retrouveraient là, tous les trois, en ce vendredi 1er mai pour déjeuner autour d'un barbecue et d'un fût de bière… Mathilde avait toujours été belle. Il avait toujours été amoureux de Mathilde mais elle n'avait d'yeux que pour le petit bagarreur, un classique. Il la regardait de loin, elle observait toujours Martin. L'attirance de Luc avait fini par s'estomper. Il le fallait. Quand ses deux amis ne faisaient que s'embrasser dans le bac à sable pendant la récré, Luc avait encore raison d'espérer mais quand ils avaient emménagé ensemble à 18 ans à peine, il avait enfoui ses espoirs sous une couche de réalité. C'était sans doute stupide mais, pour se promettre de ne jamais révéler ce secret à la jolie brune, il avait écrit sur un bout de buvard : « Je suis amoureux de Mathilde. Luc. » Il avait soigneusement plié cette preuve, l'avait mise dans une petite boîte en bois et l'avait enterrée sous l'églantier dans le jardin de sa grand-mère.

Et puis, désormais, il y avait Marthe. Et puis, il y avait surtout Martin, son poto, son frangin. Il se raccrocha à ça, à la fin du barbecue, pour dévier ses pensées de Marthe, « ra-vie » du week-end ensoleillé offert par son mari. Il se demanda, amusé, si quelqu'un, un jour, retrouverait la boîte près de l'églantier. Sans doute que ce quelqu'un serait un petit garçon en short court en train de jouer seul dehors parce que ses parents n'avaient pas eu l'envie, le temps ou la chance d'avoir un second enfant. L'image devenait de plus en plus claire dans la tête de Luc au fur et à mesure qu'il se concentrait. Jules, le petit s'appellerait Jules. Il explorerait le jardin, un long bâton à la main, à la recherche d'un trésor, d'un coffre, d'une malle… Il l'ouvrirait, les mains tremblantes, le cœur comprimé dans une poitrine bloquée par l'émotion, l'espoir et la peur. Et il découvrirait, non un trésor, mais un secret. Qu'est-ce qui est vraiment le plus précieux ?

En talons hauts et marcel

Lina, la meilleure amie de Lola, ressemblait à Olivia Pope, l'actrice principale de *Scandal*, cette femme capable de tout, courageuse, intelligente et très douée. Sans conteste, l'héroïne de notre siècle. Lina, elle aussi, était sexy et coquette. Presque toujours en tailleur jupe taille haute, petite veste, talons aiguilles démesurés. Elle avait une gigantesque collection de collants et adorait les noirs presque transparents qui mettaient en valeur ses longues jambes fines par une ligne rétro tracée en relief de ses fesses à ses mollets. Comme Olivia Pope, elle était toujours parfaitement maquillée, coiffée et bijoutée. Comme Olivia Pope, elle était parfaitement délaissée, amoureuse d'un homme qui n'avait jamais le temps de la voir, qui ne daignait pas lui donner d'explications et dont elle ne devait parler à personne. Comme Olivia Pope, elle était souvent à moins de vingt centimètres d'un verre de vin rouge. Mais ça, nous n'en parlerons pas, du moins pas maintenant, peut-être plus tard. Lina était très occupée par son travail. Elle était acheteuse de mode et influenceuse Instagram. Elle choisissait les collections tendance pour les magasins de luxe qui faisaient confiance à son flair et à sa réputation de tueuse. Elle bossait entre New York et Paris. En mai, elle était toujours en France. Elle en adorait l'ambiance pendant le mois des ponts. Cette alternance d'énergie débordante pour anticiper les jours de travail perdus et de flemme extrême une fois le repos arrivé.

Lundi de Pentecôte. Le jardin des Tuileries était envahi de touristes et de Parisiens détendus. Ça glandait sec sur les chaises en fer forgé. Le soleil était au rendez-vous pour caresser la peau de ces hommes et femmes trop pressés qui prenaient enfin le temps de se laisser dorer. Elle était venue courir. Pas le temps de lézarder avec la populace. Elle était en pleine foulée lorsque son téléphone vibra.

Dispo, poulette, pour un petit appel de courtoisie ?

C'était Lola.

Je te bipe dans 12 minutes.

OK, LOL. Toi, tu cours et tu t'es fixé 1 programme. Ça marche, à tte.

Lina courut vite et bien. Run Keeper la surveillait ! Elle fit un bon temps moyen. Elle avait brûlé 253 calories. Pas mal. Elle décida de refaire le parcours en marchant tranquillement pour détendre les muscles sollicités tout en appelant sa copine de l'amour.

— Salut ma belle. Ça y est, j'ai fini ! dit Lina.

— Combien ?

— 32 minutes de course, vitesse moyenne : 6,4 km/h, 253 calories brûlées.

— Pas mal, Pas mal.

— Oui, enfin je sais que tu fais mieux mais, pour moi, c'est effectivement pas mal.

— Ça roule ?

— Oui, ça va. Niveau boulot, c'est étrangement calme mais rien d'alarmant. John Orving doit me rappeler la semaine prochaine.

— Quoi ?! John Orving ? Tu déconnes ? Waouh, bravo ma belle !

— Ouais, c'est trop bien mais, attention, rien n'est fait. Tu sais que Madonna change beaucoup d'avis sur les partenaires qu'elle choisit. Tant que je n'ai rien signé, je ne m'enflamme pas mais je commence quand même à écrire la trame de ma chronique mode. Tu connais ma devise…

— Anticiper mais ne pas espérer en avance !

— Exact ! Je dois radoter, bon sang.

Les deux amies menaient des vies très différentes et nourrissaient depuis toujours des ambitions bien éloignées mais elles se marraient tout le temps et adoraient blablater pendant des heures. Lina reprit le fil de la conversation.

— Et toi, ça va ?

— Oui, oui, ça va. Pas grand-chose de neuf dans notre petite vie de provinciaux, tu sais. Ah si, Mathieu m'a emmenée en pleine cambrousse le week-end du 1er mai. Il m'a fait la surprise. Il y avait une course de rollers. C'était cool. On a fini 8e et 15e sur 400 !

— Waouh, c'est top, même si je ne comprends pas cette passion pour les roulettes.

— Ni moi pour les fringues et les talons hauts ! On a dormi dans un gîte en pleine nature. La douche était dehors, un système ingénieux de seaux qui récupèrent l'eau de pluie.

— Quelle horreur ! s'exclama Lina. Affreux !

Lola rit.

— Je savais que tu allais adorer.

— Bon, OK, ton Mathieu, il est mignon, attentionné, sympa et tout et tout… mais, à part ça, tu racontes quoi de croustillant à ta copine célibataire ?

— Oh, ça va venir ! Tu vas rencontrer quelqu'un de bien… Mais, attends, t'as largué l'autre idiot, au fait ?

— Ne l'appelle pas comme ça ! Il ne mérite pas tellement qu'on parle de lui… Et puis, tu sais, avec lui, c'est un coup oui, un coup non. On n'est pas ensemble ensemble. Juste, on baise bien, quoi. Pourquoi je ne trouve pas de mec potable qui baise bien ?

— Tu leur fais peur ! Sors dans un bar en jogging un soir et vois ce que ça donne.

— Mais t'es une grande malade !

— OK, OK. Sinon, je voulais te dire… mon père m'inquiète.

— Qu'est-ce qu'il a encore fait, ton *padre* ? T'es allé le chercher en garde à vue ?

— Ah non, quand même pas ! C'est sa copine, là… euh… Liliane.

— Elle est encore venue se plaindre à toi ?

— Non, non, elle ne dit plus rien. Et c'est ce qui m'inquiète.

— Comment ça ? Je ne te suis plus, là…

— Le week-end dernier, on a fait une fête chez mamie Jacqueline. Et pour la première fois Liliane ne pestait pas quand papa rotait à table ou mangeait mal. Elle avait l'air détachée.

— Quel goret, celui-là ! Si mon père était comme le tien, je ne supporterais pas qu'on sache que c'est mon père !

— Lina ! Il ne s'agit pas de toi !

— Ah oui, c'est vrai. Mais j'aime bien quand on parle de moi.

— Je crois que ça se trame mal pour lui. On a beau traiter Liliane de pleurnicharde, ce n'est pas tout rose de vivre avec lui. C'est la troisième depuis maman quand même... Je me suis toujours demandé ce qu'elles lui trouvaient. Sérieusement. Je le vois finir avec une cruche ou une actrice porno à la retraite.

— T'es con !

— Je sais... Bref... Ça sent le sapin pour lui, je pense. Tu crois que je devrais lui en parler ?

— Non, laisse-le donc se démerder et puis, de toute façon, dès que tu lui dis quelque chose, il fait l'inverse... Bon, je dois te laisser, je rentre dans mon taxi et je ne veux pas que le chauffeur connaisse ma vie. On sait jamais, si je deviens célèbre demain, il serait tenté de tout raconter à des journalistes...

— Ce que tu es prétentieuse et bête à la fois.

— Merci. Je t'embrasse.

— Moi aussi, bisous.

Il n’osa pas bouger. Elle s’assit par terre, face à lui, se plongea dans son regard en silence, inexpressive, lui caressa la joue, lui sourit puis le gifla. Le mouvement brusque fit voler un filet de bave. Elle le réprimanda et ajouta :

— Mais tu bandes dur, dis donc.

Il hocha la tête, un peu honteux.

— Allez, viens, on va faire l’amour maintenant.

Lina débarrassa Simon de son attirail. Ils se serrèrent dans les bras, complices, et firent l’amour doucement.

CHAPITRE INTERDIT NUMÉRO 4

Le « Un coup oui, un coup non » de Lola

— À genoux !

Simon s'exécuta sans se demander s'il aimait ça. Il n'avait jamais eu un fort pouvoir de décision. Au boulot, si. C'était le big boss. Mais, à la maison, il faisait ce que sa femme disait et, à l'hôtel, ce que sa maîtresse ordonnait. Et elle avait de plus en plus d'imagination. Elle flirtait même avec la cruauté. Comme si elle lui en voulait. À genoux, il ouvrit la bouche, comme demandé. Elle lui installa doucement une boule en plastique rouge entre les lèvres qu'elle bloqua avec une sangle qu'elle noua derrière son crâne. Il bavait. Elle se moqua. Il se sentit humilié et excité de la voir, dans son body en dentelle noir, tourner autour de lui. Elle faisait claquer un fouet au sol. De l'encens brûlait.

— J'aimerais que cette odeur te rappelle toujours cette position, dit-elle en riant.

En mai, fais ce qu'il te plaît

— Lucie ? Mais bon sang, t'es où encore ?

Cachée dans la réserve, Lucie lisait vous savez quoi. Elle n'entendait pas Mathilde qui l'appelait en vain depuis cinq minutes et qui débarqua comme une furie dans sa cachette.

— Mais sérieux, tu m'as fait peur ! Quelle cruche !

— Désolée, je…

— Oui, tu lisais ton roman pour frustrées sexuelles.

— Oh ! Eh ! T'exagères ! Mais bon… t'as pas trop tort.

Les deux acolytes souriaient encore quand elles entendirent la clochette de l'entrée. Une cliente venait de pénétrer dans la boutique. Lucie se leva la première de sa pile de cartons devenue siège pour aller l'accueillir. Depuis quelque temps, à cause de Christian, elle laissait souvent sa collègue travailler à sa place. Cet homme la manipulait, elle aussi. Ce qui ne lui déplaisait pas, dans le fond.

— Tu fais quoi ce soir ? demanda Mathilde.

— Comment ça ?

— Bah, il fait beau. Demain la boutique est fermée pour inventaire, on pourrait sortir…

— Ce soir, je récupère la mioche, je la fais manger, je la douche, je la couche, je dîne seule parce que Marco a un match de foot en ville avec des copains et voilà. Comme d'hab, quoi.

— Oh… la tristitude.

— Arrête donc, Ségolène, d'inventer des mots !

— Mouais, comme Martin est encore à un festival je pensais sortir. Allez, viens avec moi !

— Non Mathilde, Lolita est trop petite pour faire la tournée des bars.

— Mais ce que t'es gnangnan des fois ! Laisse-la à quelqu'un. T'as pas une baby-sitter ? Allez, appelle-la.

— Non, Marco refuse catégoriquement de laisser une baby-sitter s'occuper de notre fille.

— C'est un malin, celui-là.

— Comment ça ?

Pour une fois que quelqu'un disait de Marco qu'il était malin !

— Bah c'est cool pour lui, quand il a une soirée dehors, comme ça, il est sûr que tu ne viendras pas avec lui puisque vous n'avez pas de baby-sitter !

— Je n'avais pas vu les choses sous cet angle…

— Et ta mère ?

— Ma mère ?

— Oui, ta mère… elle ne peut pas la garder ce soir ?

— Je sais pas… C'est qu'elle n'aime pas trop l'improviste, ma mère.

— Essaye de l'appeler, s'il teuuuu plaîîîît.

Quand Mathilde prenait son air de petite fille boudeuse, Lucie avait toujours du mal à résister. Elle appela donc sa mère.

— Mum ?

Oui, sa mère n'avait jamais accepté qu'on l'appelle maman. Allez savoir pourquoi. Du coup, Lolita ne l'appelait pas « mamie », encore pire, mais « Manoumi ». Ça horripilait Lucie, mais bon.

— Oui, ma chérie. Tout va bien au moins ?

— Non, j'ai besoin de prendre l'air. Tu peux garder Lolita, ce soir ? Je voudrais aller au ciné avec une amie.

— Tu as des amies, toi ?

— Oui mum, j'ai des amies. Bon, tu peux ou pas ?

— OK. Amène-moi mon sucre d'orge quand tu veux. Et viens déjeuner demain. Ton père sera raaavi.

Elle accentuait toujours le « a » de « ravi ». Pour paraître jeune, peut-être. L'autre jour, elle avait répondu : « Morte de rire » à une phrase rigolote de sa fille. Lucie en avait fait tomber son verre de pétillant et sa mère avait ajouté : « LOL, ce que t'es maladroite. »

Bref, elle allait garder Lolita à l'improviste pour laisser Lucie respirer. Lucie enfila une longue robe noire sortie du fond du placard. Elle avait un peu forci depuis la grossesse mais n'était encore plutôt pas mal roulée.

Elle arriva au rendez-vous à l'heure. Mathilde était déjà là, en pantalon noir fluide et t-shirt street art. Ça lui allait très bien.

— Wha ! La milf !

— La quoi ?

— La milf ! Sors un peu le dimanche, eh ! Mother I Like To Fuck.

Lucie rougit. Elle était d'habitude amusée par la vulgarité assumée de sa copine mais, là, quand même.

— Bon, bon, arrête, c'est qu'une vieille robe.

— Tu veux pêcho ou quoi ?

— Mais non, pas du tout. On boit quoi ?

En terrasse, l'air était chaud. Les verres pétillaient et les rires éclataient et se répondaient de table en table. Les premiers beaux jours, la liesse communicative. Elles enchaînèrent les cocktails, cosmopolitain, bloody mary et, en dessert, quelques piña colada. Elles oublièrent de manger. L'alcool monta vite et elles en burent assez pour être sûres qu'il ne redescendrait pas trop rapidement. Elles rirent, et se moquèrent à outrance des clientes engoncées qui posaient des questions cons sur les épices, elles conclurent qu'elles s'en battaient les couilles, du curry, du cumin et des poivres rares. L'alcool peut rendre vulgaire. En fin de soirée, elles n'articulaient plus trop bien mais Mathilde crut quand même bien avoir entendu Lucie dire :

— Je vais me barrer à Lyon monter un salon de thé et l'autre tocard, il restera là, comme un con, seul avec sa petite bite.

il était si peu là, par périodes, qu'elle avait du mal à se dire qu'il l'était et à avoir envie spontanément. Mais, ce soir-là, l'alcool aidant, elle se sentit chaude comme une baraque à frites. Elle glissa la main sous son t-shirt, par le col rond, et attrapa son téton droit. Elle le pinça délicatement, sentit une petite décharge électrique, le pinça plus fort, grimaça de douleur plaisir et eut l'impression qu'un fil s'actionnait entre sa poitrine et sa chatte. De son autre main, elle explora le monde du bas. Depuis combien de temps ne s'était-elle pas masturbée comme il se doit ? Depuis combien de temps n'avait-elle pas enfoui ses propres doigts dans son propre corps pour se donner du plaisir ? Elle se toucha maladroitement au début puis retrouva le chemin, juste le bon angle. Elle gémit, se contractant, se détendant puis se contractant de nouveau avant de lâcher un râle mémorable et de s'affaisser de tout son poids dans le canapé la main encore dans la culotte. La vague de chaud passée, elle se trouva ridicule, là, seule, au milieu de la nuit, les doigts mouillés et le sourire béat.

CHAPITRE INTERDIT NUMÉRO 5

Quand Mathilde rentra chez elle, elle s'avachit dans le canapé usé. Elle resta un moment sans bouger. C'était comme si le monde avait soudain cessé de tourner. Elle revivait sa soirée et tout semblait en pause. Puis, elle sentit quelque chose qui ne l'avait pas assaillie, de cette façon-là du moins, depuis des semaines, que dis-je ? des mois. Une vibration discrète dans son bas-ventre. Elle sentit son sexe se serrer puis se relaxer, tout seul. Puis elle le contracta de nouveau, fit durer la sensation et relâcha. Elle se souvint qu'elle était seule chez elle ce soir-là, son mec travaillait. Elle aurait aimé qu'il soit là. Elle se serait faufilée dans la chambre, elle aurait bougé délicatement son corps chaud et ronflotant, elle lui aurait susurré qu'il était temps qu'il la prenne. Elle aurait savouré sa réaction, entre étonnement et demi-sommeil. Et ils auraient fait l'amour. Pour ça, avec Martin, il n'y avait pas de problème. C'était plutôt elle qui en avait plein les pattes, du travail, et qui voulait dormir, et puis,

Il faut dresser les taureaux

Porto, une petite ville bien agréable pour les amoureux. Même pour les amoureux adultères. Marthe a réservé un appartement sur AirBnb. Un studio douillet avec une salle de bains tout en mosaïque comme Luc les aime. Il y a même un petit jardin privatif qui a le soleil jusqu'à 15 heures. Elle lui a emprunté sa carte d'identité pour faire l'enregistrement en ligne. Il ne s'est aperçu de rien. Il est monté dans l'avion, les yeux bandés ! Il faut dire qu'elle devait se faire pardonner si elle voulait garder son amant et surtout si elle voulait qu'il reste à sa place, c'est-à-dire tapi dans l'ombre. Luc avait craqué le week-end du 1er mai. Dans l'après-midi, après le fameux barbecue bien arrosé, il avait essayé de l'appeler. Jean-Paul avait décroché. Marthe était en train de manœuvrer le canoë. Luc avait baragouiné un discours incompréhensible d'agent immobilier qui s'était trompé de numéro et qui avait un peu abusé de la bouteille. Jean-Paul ne s'était apparemment douté de rien et avait raconté l'appel à sa femme, presque amusé. Mais elle, ça ne l'avait pas beaucoup fait rire. Luc devenait un danger pour sa vie bien en place. Elle devait le chouchouter pour le calmer un peu. *Il est si fougueux, si sentimental, si jeune*, pensa-t-elle. Elle n'y peut rien, elle les aime comme ça. Le précédent l'était encore plus. Impossible d'avoir leur jeunesse au lit, de profiter de leur énergie vitale sans risquer d'en essuyer les pots cassés. Elle pense à eux comme à des petits taureaux un peu fous.

Ce que Luc prit comme une preuve d'amour était en fait une tentative de dressage. Le week-end fut doux. Elle avait réservé une mini-croisière sur le Douro. Ils avaient visité des caves de porto, mangé dans de fabuleux restaurants, s'étaient promenés main dans la main et avaient fait l'amour partout et tout le temps. Marthe aimait faire l'amour dans la rue, un peu à l'abri pour ne pas se faire prendre mais en prenant quand même le risque d'être surprise. Luc, le dernier soir, un peu saoul, engagea une conversation périlleuse :

— Tu sais quel moment j'ai préféré ce week-end ?

— L'ascenseur ?

À l'évocation de leur partie de jambes en l'air dans l'ascenseur, Luc rougit.

— Non, pas l'ascenseur.

— Bon, alors, le banc du parc.

— Non, non plus ! répondit-il d'un ton franchement agacé.

— Alors, la cabine d'essayage ?

— Arrête, s'il te plaît ! Ce que j'ai préféré, ce n'est pas quand je te prenais dans tous les coins, c'est quand on se promenait main dans la main.

Et merde ! Marthe avait raison, le danger arrivait. Et à grands pas.

— Ah…

— Tu le quittes quand, ton Jean-Paul ?

— Luc, ce n'est pas le moment. On est bien, là, non ?

— Ce n'est jamais ni le moment d'en parler ni le moment de le quitter.

Luc avait haussé le ton et attiré l'attention du jeune couple qui dînait à côté d'eux en terrasse. Des Français, manque de bol.

— Excusez-le, il est un peu ivre.

— Oui ! et un peu malheureux aussi.

— Oh Luc… Bon, je vais te le dire parce que tu commences à poser des questions et à insister. Jean-Paul est malade. Je m'apprêtais à lui parler quand les médecins lui ont découvert un souci au cœur. Je peux pas l'abandonner, tu comprends ? Tu sais que je ne l'aime plus mais nous avons partagé de belles années ensemble. C'est mon ami, maintenant. Et puis, ma fille ne me le pardonnerait jamais et ma petite-fille, comment veux-tu qu'elle comprenne ?

Luc se contenta de cette bonne excuse, pour le moment. Il ne retint que deux choses du discours de Marthe. Jean-Paul allait peut-être mourir bientôt et elle ne l'aimait plus ! Elle avait dit : « Je ne l'aime plus !! » Le cerveau n'opère pas toujours les bonnes sélections.

Madame ou mademoiselle ?

Depuis la fameuse soirée, Mathilde avait de nouveau de la matière pour se moquer de sa collègue. Entre ses lectures osées, sa fugue alcoolisée et ses rêves de fuite, elle s'en donnait à cœur joie !

— Lucie, tu pourras ouvrir la boutique jeudi matin ? J'ai rendez-vous chez le dermato pour mon lupus, tu sais, je dois le faire traiter avant de prendre trop le soleil. Enfin, si tu n'as pas encore déménagé à Lyon…

— Tu m'embêtes, Mathilde, tu m'embêtes !

— Oh, prends pas la mouche, Marilyne.

— Mouais, tu mériterais de te débrouiller avec ton rendez-vous !

— Oh, mais Madame se rebelle ! S'il te plaît…

Le fameux regard suppliant, ces satanés grands yeux qui feraient plier n'importe quel dictateur enragé…

— Bon, OK.

— Lucie, tu pourrais me servir un thé et des gâteaux ? Un cupcake à la rose. Merci.

— Mathilde !

— Quoi, il faut bien que tu t'entraînes pour ton salon de thé, j'suis sympa, j'fais le cobaye.

Quand Mathilde ne se moquait pas de Lucie, elle s'inquiétait. Et si sa collègue passait le cap ? Et si elle, elle se retrouvait toute seule, là, avec ses épices et son mec incapable de se poser et de s'engager ? Elle ne pouvait raconter sa vie de cette façon-là à personne d'autre. Il y avait bien sa meilleure amie ou sa mère mais c'était différent. Lucie suivait le quotidien, elle avait en tête toutes les références des engueulades et des sujets de tension du moment. Quand elle appelait Laura, elle devait resituer le contexte, les événements précédents, les projets en cours, l'ambiance des dernières semaines à la maison… C'était plus facile de se confier à Lucie. Et puis Laura, avec son Jules comme elle l'appelait, devenait exaspérante. Mathilde était contente que sa meilleure amie ait une vie lisse avec deux beaux enfants en pleine santé, un mari tendre, délicat, drôle et bien élevé mais c'était compliqué, du coup, de partager avec elle sa vie sentimentale pathétique. Quand Laura lui disait : « Oh ma chérie, tu es peut-être trop exigeante », Mathilde avait envie de l'insulter et de lui prêter son quotidien rien qu'une semaine. Et quand l'autre faisait preuve de compassion et lui proposait : « Tu sais, si tu n'es pas heureuse, arrête cette relation et cherche un homme plus sain », Mathilde se retenait de lui répondre : « J'ai bien pensé à me taper ton mec, mais bon… » Bref, parler avec Lucie, c'était parfait. En plus, elle sentait que sa collègue ne la jugeait jamais.

— Il te dit quoi, Marco, quand tu le traites d'enculé ? Parce que moi, à la maison, ça ne passe pas du tout !

Lucie avait ouvert la bouche en grand et serrait l'anse de son mug comme pour se rattraper à quelque chose de rassurant.

— Hein ? Ouh, ouh, Lucie, t'es là ?

— Euh, c'est-à-dire que tu as traité Martin d'enculé ?

— Bah oui, il m'avait gonflée.

— Oui, bah, quand même. C'est violent.

— Ça m'a échappé.

— Le pauvre…

— D'habitude, c'est vrai, j'utilise plus « connard » ou « branleur »… Ça doit être par rapport à sa virilité, j'sais pas. « Enculé », ça l'a mis hors de lui.

— Mais, tu l'insultes vraiment ?

— Oui… enfin quand on s'engueule, quoi.

— Ça ne me serait jamais passé par la tête, pourtant Dieu sait que j'ai souvent envie de lui en coller une ou de lui crier dessus, mais je n'ai jamais pensé à ça.

— Ah… moi, ça m'arrive. Il faut dire qu'il est chiant, aussi…

— Et quand tu le traites de connard, il ne dit rien ?

— Non.

— Mais lui, il t'insulte ?

— Ça va pas, non !

— Je devrais peut-être faire ça avec Marco aussi…

Mathilde était étonnée. À elle, ça lui paraissait normal que le ton monte et que les injures volent. Après tout, elle ne le frappait pas non plus et il était d'un pénible !

Elle avait beau réfléchir, il n'y avait pas de terme plus approprié au comportement de Martin, parfois.

— Et tu lui dirais quoi, à ton Marco ?

— Euh… Espèce de… de…

— Oui ?

Lucie bouillonnait.

— Espèce de… beauf en marcel !

— Ah, ah, c'est un bon début. Mais… peut mieux faire.

Lucie prit du poil de la bête.

— Espèce d'éjaculateur précoce !

— On va tout savoir.

— Oh pardon, pardon.

— Mais non, t'inquiète, c'est drôle.

— Bon… espèce de petit con ! De couille molle, de salaud égoïste et sale, de petit branleur obsédé du cul…

Lucie avait fini par hausser tellement le ton dans son envolée lyrique libératrice que ni l'une ni l'autre n'avaient entendu le cliquetis de la porte principale chargé d'annoncer l'entrée d'une cliente. Mme Sorreau était là, sur le pas de la porte, atterrée par la scène. Ça faisait déjà plusieurs fois qu'elle avait repéré une dégradation du service et qu'elle avait même conclu que la qualité des produits était l'unique raison de sa fidélité. Là, il ne s'agissait plus seulement d'un accueil déplorable. Mais comment peut-on parler comme ça ? C'est Mathilde qui la vit, dans l'entrée, prostrée, les bras le long du corps, rigide, et le sac à main à ses pieds.

— Lucie, retourne-toi. Y'a Mme Sorreau.

— Oh merde !

À l'écoute de ce dernier gros mot, la petite bourgeoise en tailleur de velours (en plein mois de juin !) récupéra d'un geste sec son sac à main Longchamp tombé à terre, tourna les talons, pointa son nez refait vers le plafond et dit :

— Oui, vous avez raison Mademoiselle, vous n'aviez pas débité assez de vulgarités, il en manquait une à votre palmarès.

— Madame.

— Pardon ?

— Madame, pas mademoiselle, on n'a plus le droit de dire mademoiselle, ce n'est pas poli.

— Non mais c'est un scandale ! Se faire traiter de la sorte ! Vous allez entendre parler de moi, je vous le garantis.

— Au revoir Madame, lui dirent en chœur les deux vendeuses qui s'apprêtaient à avoir le fou rire de l'année.

Une fois calmée, Lucie demanda à Mathilde ce qui l'avait poussée à traiter son chéri d'enculé.

— Il a annulé notre week-end à l'île d'Oléron pour un festival bidon. Tout ça pour vendre trois pauvres pochettes d'album de merde.

— Comme d'hab, quoi.

— Oui, comme d'hab, mais là, c'est différent. C'est le week-end de nos quinze ans, j'avais réservé un studio trop mignon et je m'imaginais déjà main dans la main avec lui à regarder la mer et à discuter de…

Mince. Elle s'était arrêtée mais elle en avait déjà trop dit. Lucie se faufila dans la brèche.

— De ?

— De bébé.

En disant ça, Mathilde avait baissé la tête. Elle avait sans doute peur que Lucie lui dise que c'était stupide de vouloir un enfant d'un type instable qu'on traitait d'enculé.

— Oh, mais c'est trop mignon. Tu as envie d'être maman. Tu verras, c'est génial.

Non, Lucie ne l'avait pas jugée, elle avait été attendrie et émue. Peut-être était-elle plus qu'une collègue. En tout cas, elle réagissait comme une amie. Oh non, Mathilde n'avait vraiment pas envie qu'elle parte à Lyon.

Ce n'est pas de ma faute si je ne sais pas choisir.

— Un italien ou un japonais ? demanda Lola.

— Ou un resto de viande ? répondit Lina.

— Oui, si tu veux, moi, j'm'en fiche.

— Ou un bobun…

— Oui, oui, OK.

— Quoique de la viande…

— Lina ?

— Oui ?

— Tu m'gonfles. Écoute, choisis. On se retrouve en bas de mon hôtel à 20 heures et tu m'emmèneras où tu veux, d'accord ? Moi, tout me va.

— Moi, tout me va… T'es chiante aussi, à être facile à vivre comme ça.

— Oh là là, et c'est moi qui suis chiante, t'exagères ! Allez bisous ma douce, Mathieu m'attend, il m'emmène à la gare.

Lola avait l'habitude de gérer les tourments décisionnaires de sa meilleure amie. Elle ne savait pas encore ce qu'elle mangerait le soir mais elle savait qu'elle allait passer, comme toujours, une merveilleuse soirée. Quelques heures plus tard, Lina débarqua en bas de l'hôtel où avait l'habitude de séjourner Lola lors de ses escapades parisiennes, parfaitement maquillée, le corps mis en valeur par une combinaison pantalon en flanelle dos nu et juchée sur des hauts talons rouges. Lola était plus soft mais tout aussi charmante, à sa façon. Une jupe mi-longue beige, un t-shirt blanc et des spartiates en cuir foncé.

— Tu le trouves comment, le docteur Sheperd ?

— Beau !

— Et si tu devais trouver un synonyme de « morceau »…

— J'en sais rien moi, un bout ?

— Beau-bout.

— Je comprends rien Lina ! T'as déjà commencé à picoler ?

— Un bobun ! J'ai réussi à me décider et je ne regrette presque pas encore.

— T'es un cas, tu sais ?

— Oui, je sais.

Les deux filles s'installèrent en terrasse. Lina choisit la table, hésita longuement puis décida que le point de vue lui convenait mieux depuis la table du fond. Lola s'en fichait et rigolait de voir sa copine se poser tant de questions. Pour elle, la vie était bien plus simple. Elles prirent des bières vietnamiennes et des bobuns.

— Tu sais pourquoi j'ai choisi le resto asiat ?

— Non.

— Parce que je savais d'avance ce que j'allais choisir comme plat. Sinon, j'aurais mis huit ans et tu aurais encore gueulé.

— Oh oui ! Je me souviens du resto italien de l'année dernière. C'était horrible. Je ne savais plus où me mettre. Tu as changé trois fois ta commande et tu as passé ta soirée à bouffer ta pizza quatre fromages en disant tout bas qu'en fait, tu avais envie de pâtes carbo.

— Oh, t'exagères un peu quand même.

— À peine !

— Bref, alors ton Mathieu, il va bien ?

— Oui très bien, il bosse beaucoup mais ça paye. On fait des petits travaux dans la maison, on vient de poser du jonc de mer sur la mezzanine, c'est sympa.

— Ah…

— Oui, je sais que ça ne te parle pas des masses, les aménagements intérieurs.

— Oui, excuse-moi. C'est vrai que ça ne me passionne pas… Et niveau cul, ça va ?

— Lina !

— Bah quoi ?

— Oui, niveau cul, ça va, on s'entend bien, rien à signaler.

Lola hésita à raconter à sa copine l'épisode de l'auberge qu'elle considérait comme une percée lumineuse dans le nuage plan-plan de sa vie sexuelle mais n'osa pas. Celle-ci enchaîna :

— D'Accord, d'accord. Tout va bien dans le meilleur des mondes quoi…

— C'Est tout à fait ça.

— C’est un concept, les rayures roses sur un éléphant.

— Ah, ah, Lina, voyons !

— Quoi ? On n’a pas idée de se fringuer comme ça quand on fait 120 kilos !

Son sport favori. La critique-terrasse comme elle l’appelait. Elle adorait quand arrivaient les beaux jours principalement pour ça. Et elle avait pris cette habitude aux États-Unis, habituée à ce que les gens ne la comprennent pas, elle disait tout fort ce qu’elle n’aurait même pas dû penser tout bas. À Paris, il était arrivé que des gens s’arrêtent, vexés par ses remarques qu’ils avaient, par mégarde, entendues. Mais elle n’avait jamais vraiment eu de problèmes. Son sourire figé, parfait en toutes circonstances, les éloignait rapidement. Ils n’osaient pas l’affronter. Elle était impressionnante. Une fois, une petite racaille lui avait dit de sa voix de puceau en train de muer : « Et toi, tu t’es vue, meuf ? » Elle avait répliqué du tac au tac : « Oui, et c’est justement pour ça que je me permets de critiquer les autres. »

— Et il fait quoi ce soir, Mathieu ?

— Il est au laser-game avec son meilleur pote.

— Et t’as pas peur ?

— C’est pas violent, le laser-game.

— Peur qu’il te trompe, idiote !

— Ah ! Ah non, pas du tout. C’est pas un dragueur et puis, s’il doit me tromper, il le fera, je peux pas l’attacher.

— Oui, et puis c’est pas un canon non plus.

— Sympa.

— Non, mais, ma chérie, c'est pas que ton mec est moche, mais tu vois ce que je veux dire ? Il n'a pas un physique irrésistible, tu n'as pas à craindre que des dizaines de minettes en chaleur lui sautent dessus.

— C'est pas faux.

— De toute façon, avec ses polos bizarres, il porte une barrière anti-drague.

— T'abuses ! Je les aime bien, ses polos, moi.

— Ah… bah, j'ai rien dit.

Lola avait failli se vexer mais elle était comme ensorcelée par le regard et le sourire de Lina. Décidément, elle ne comprenait pas pourquoi son amie restait indéfiniment célibataire. Trop capricieuse ?

— Bon, et toi ? T'en es où, niveau amoureux ?

— Oh… rien de neuf. C'est toujours le calme plat dans mon…

— Oui, je connais ton expression, épargne-moi, pour une fois, s'il te plaît.

Lina se mit à rire. Le type assis à côté et qui écoutait, amusé, leur conversation depuis le début enrageait intérieurement. Lui, il aurait bien aimé connaître la fin de l'expression.

— Tu bâilles ? On y va ?

— Ouais, je suis désolée mais je suis crevée et demain j'ai une réunion. La poisse !

— OK, pas de souci. L'addition, s'il vous plaît !

— Tout de suite, Madame.

— Pour moi aussi, s'il vous plaît.

Le type d'à côté aussi voulait s'en aller. Les deux filles payèrent chacune leur part et se séparèrent sur le trottoir après s'être longuement embrassées. Lola regagna son hôtel à pied. Lina n'était pas fatiguée et décida de marcher un peu tranquille. Elle prit la rue Carneau. Le type aussi.

CHAPITRE INTERDIT NUMÉRO 6

Fantasme de Lola

Une cabine téléphonique. À l'ancienne. Les cages en plexi avec le téléphone qui pendouille et le bruit de la ligne en attente. Ce son qu'on a oublié, que les nouvelles générations ne connaîtront pas. Tous ces gamins qui regardent les téléphones fixes comme si c'étaient des fossiles. Lola aurait aimé se faire prendre dans une cabine téléphonique. Voilà. C'était ça, son fantasme. Cette boîte depuis laquelle elle appelait ses copines, ados, pour leur raconter ses secrets, se sentant à l'abri des autres, de la rue, de la vie. Elle aimerait que Mathieu, après un bon café concluant un repas au resto en amoureux, la prenne par la main, lui susurre : « Suis-moi » et l'emmène dans une cabine téléphonique. Il décrocherait le combiné, pour ne pas être dérangé, et pour le fond sonore old-school. Il lui dégraferait son chemisier blanc, découvrirait un soutien-gorge en dentelle beige, strict mais pas trop, il glisserait sa main impatiente entre le tissu et la peau, il formerait une coque avec ses doigts et entourerait le sein de son amoureuse. Il marquerait une pause, béat, et lui sourirait avant d'humidifier ses lèvres en la fixant. Il se pencherait et attraperait le téton entre ses dents, doucement, sans mordiller, d'abord. Puis, il exercerait une pression délicate avant d'y aller plus franco. Il lui masserait l'autre sein en même temps, pas de jaloux. Lola oublierait ses ennuis, le ménage qu'il reste à faire, les courses à compléter dans le panier du drive, la vie et les passants. Elle ne verrait pas le regard interloqué de la petite vieille qui traîne son chariot de courses comme on trimbale son ennui. Ou bien elle le verrait et ça l'exciterait encore plus.

Elle n'était pas tout à fait au point sur cette partie du fantasme. Elle se demandait souvent si elle préférerait que ce soit un homme qui les regarde. Un homme jeune et élancé. Si elle aimerait qu'il reste sur le banc en face, en silence, à observer Mathieu dégrafer totalement le chemisier en imaginant que c'est lui qui le fait, puis relever la jupe bleu marine, baisser la culotte cent pour cent coton, l'abandonner sur le sol sans se soucier de la poussière, glisser un doigt doux dans son sexe humide, à point pour la suite…

Puis, Lola se ressaisissait. Quelle idée de s'imaginer faire l'amour dans une cage en plexiglas devant tout le monde ? Quelle idée de s'imaginer crier de plaisir à en faire se retourner la rue et s'ouvrir les persiennes ? Et quelle idée de prendre du plaisir à l'imaginer ?

Méthode et rigueur, pour un projet réussi

— Or blanc ou or jaune ?

— Euh… je ne sais pas vraiment.

— D'accord. Avec pierre ou sans pierre ?

— Plutôt avec.

— Avec rubis, émeraude, saphir ou diamant ?

Mathieu, l'amoureux fou de Lola, était au bord de la panique. Il avait à la fois chaud et froid. Dehors, il faisait trente-deux degrés. Un après-midi de juillet complètement hors norme en Touraine. Il avait transpiré dans son polo jaune avant d'entrer dans la bijouterie. Dès le pas de la porte, il avait été pris de frissons, saisi par la clim mal réglée. Les vendeuses portaient des vestes ! Et là, on lui posait bien trop de questions.

— Je ne sais pas. Montrez-moi tout ce que vous avez en 52 !

Il était si fier de connaître le tour de doigt de Lola ! Ça faisait des semaines qu'il prévoyait son coup.

— Tout ? Euh, d'accord Monsieur, de suite Monsieur.

Il prit une heure complète pour observer tous les modèles et arrêta son choix sur trois anneaux bien différents : un fin en or jaune surmonté d'une perle de culture, un solitaire et une bague en or blanc si finement ciselée qu'elle paraissait couverte de petits diamants. Il prit les références qu'il nota dans son carnet secret, remercia la vendeuse puis passa à la boutique suivante. Il ne disposait dans celle-ci que de vingt-deux minutes. Son planning était serré. À 16 h 45, il rencontrait un wedding-planner classique et à 17 h 15, une wedding-planneuse spécialiste des mariages colorés et originaux. Mathieu était un type organisé et rigoureux. Quand il emmenait Lola en week-end surprise, il n'y avait aucune part d'inconnu pour lui. Il savait où manger, ou dormir, où faire une pause, où acheter des souvenirs… Il mettait tout au point avant le départ pour que ce soit parfait. Ce serait trop cruel pour lui d'entendre de la bouche de sa chère et tendre :

— Tiens, on aurait dû aller dans ce gîte, il a l'air génial. Une prochaine fois !

Ça voudrait dire qu'il avait échoué. Il s'était donné trois mois pour organiser une bonne partie du mariage. Quand il se sentirait prêt, il ferait sa demande. Il pariait sur septembre. Le mois de leur rencontre. Il ne savait pas encore comment il procéderait. Il avait trois esquisses de scénarios, il devait y réfléchir longuement avant de se décider et de se lancer. Il était si excité et si heureux.

La peur de l'inconnu

— Vous lisez quoi ?

Lucie détestait être embêtée quand elle lisait et ne supportait pas qu'un inconnu lui adresse la parole, et pourtant la voix de l'intrus était douce et il avait une bonne tête.

— J'ai un peu honte…

— Laissez-moi deviner… *Cinquante nuances de Grey* ! J'en suis au tome deux. C'est addictif, ce truc.

— À qui l'dites-vous ? Je suis à la fin du tome deux, moi. C'est pratique, le Kindle, pour cacher ce que l'on lit, non ?

— Oui, c'est malin ! Faudrait que j'investisse. Les gens ont un sourire en coin quand je le lis sur les bancs, tranquille au soleil. Et encore, à l'époque de la sortie du tome un, c'était pire ! Maintenant, avec tant de lecteurs, les gens se sont habitués. Et puis, ce n'est pas un livre de cul non plus.

— Oui c'est vrai. Ça reste mignon.

— Mignon, mignon… je ne dirais pas ça !

— Enfin, façon de parler.

Ils n'étaient pas vraiment gênés. Ils rirent même un peu de l'emploi inapproprié de « mignon » pour évoquer des plaisirs de domination sexuelle explicites.

— Vous avez un enfant qui joue au parc ?

Lucie se demanda soudain ce que lui voulait l'inconnu. Elle se rappela une histoire glauque d'un type qui abordait une maman sur un banc et ainsi détournait son attention pendant qu'un complice kidnappait la gamine qui faisait du toboggan. Elle se dit qu'elle devenait vraiment parano.

— Oui, une petite fille.

— Oh, laissez-moi deviner… La petite brune avec les deux couettes et la robe bleu turquoise.

— Oui, pas mal, c'est bien elle.

— Elle a l'air marrante. Vous ne devez pas vous ennuyer.

À cet instant précis, Lolita fit un grand coucou à sa maman qui l'observait en souriant. Marthe, à son tour, leva la main pour faire signe à sa fille. Mais son geste s'arrêta net et son sourire se figea avant de devenir grimace.

— Ça va Manoumi, t'es bizarre ? demanda Lolita à Marthe.

— Euh, oui, oui. Ça va, ma chérie.

Luc est en train de discuter sur un banc avec ma fille. Luc est en train de discuter sur un banc, là, en face de moi, avec ma fille. L'étau se resserrait. Que lui voulait-il ?

— Bon, je vous laisse. C'était un plaisir de discuter un peu avec vous. Bonne soirée.

— Au revoir.

Lucie replongea dans sa lecture et ne remarqua pas que sa mère s'était mise à transpirer. Elle ne fut tirée de son livre que par un cri strident de sa fille. Elle se dit d'abord que la gamine avait dû tomber et que sa mère allait gérer la crise pendant qu'elle, elle, saurait enfin ce que Christian avait bien voulu insinuer. Mais la petite cria à nouveau. Exaspérée, elle releva la tête et vit sa mère étendue dans les cailloux blancs du parc, le crâne à seulement quelques centimètres du bord du toboggan en fer.

Le Type

— Tu sais quoi ?? cria Lina.

— Bonjour Lina, dit Lola.

— Ah oui, bonjour. Tu sais quoi ??

Comment est-ce qu'elle pouvait adopter si souvent une attitude d'adolescente à son âge ?

— Non je ne sais paaaaaas.

— Quand on s'est quittées l'autre soir, un type m'a suivie.

— Quoi ?!

— Oui, je suis partie par la rue Carneau. Je profitais de l'air frais, je regardais les façades et j'observais chez les gens. Tu sais comme j'aime voir les intérieurs des autres et surprendre des scènes de famille… Bref. À un moment, j'ai arrêté de marcher parce que mon talon s'était coincé dans un petit trou fourbe et j'ai entendu des pas qui s'arrêtaient derrière moi. Je ne me suis pas retournée, j'ai lu ça dans *Grazia.*

— Quoi ?

— Qu'il ne fallait pas porter d'attention à l'agresseur. S'il sent que tu as peur, tu deviens vraiment sa proie sinon il peut encore changer d'avis et se diriger vers quelqu'un d'autre.

— T'as de ces lectures !

— Oui, mais tu vois, ça peut aider. Donc, il a continué à me suivre. Ça a duré quinze bonnes minutes. Je changeais de rue, il changeait de rue. Et je ne sais pas pourquoi mais, comme par hasard, je n'ai croisé presque personne.

— Mais c'est horrible !

— Horrible ? Non, c'était super excitant.

— Excitant ? T'es vraiment chtarbe !

— Il s'appelle Mickaël. Il est sexy comme un dieu, il était à côté de nous au resto. Je le revois ce soir. Je suis trop contente.

— Il a fini chez toi ?

— Oh que oui !

— Lina, je suis ravie que tu entames une nouvelle phase de ta vie sexuelle mais, s'il te plaît, quand tu me racontes tes histoires évite de me faire flipper !

— Oh, il faut bien un peu de suspense… et puis j'ai vraiment eu peur au début, moi !

Elle avait à peine fini de dire ça qu'elle était assise sur ses cuisses serrées à lui et titillait de l'ongle son caleçon gonflé.

— Je peux ? demanda-t-elle en empoignant son sexe à travers le tissu.

— Mais faites comme chez vous, dit-il avant qu'elle commence à le masturber.

Mickaël ne se souvient plus trop de comment ça s'était enchaîné ensuite, tout ce qu'il a retenu c'est qu'il aimait beaucoup l'intérieur de Lina.

CHAPITRE INTERDIT NUMÉRO 7

Mickaël aimait beaucoup l'intérieur de Lina. Dans les deux sens du terme. Il le trouvait doux et accueillant. Il y serait bien resté plus longtemps d'ailleurs, et désirait y revenir. Lina n'était pas la seule fille qu'il avait suivie dans sa vie mais c'était la première avec qui c'était si facile, la première qui assumait, comme lui, d'obéir à un désir charnel sans se faire la morale. Les gens nous la font bien assez ! Lina avait pris les choses en main rapidement. Elle avait retiré son t-shirt sans faire de longs discours. Elle portait un body en dentelle qui, quand elle le détacha, libéra une poitrine généreuse. Mickaël aimait les seins en poire, ça tombait bien. Il durcit le bout de sa langue et s'attaqua au téton gauche de sa conquête du soir. La façon dont elle se tortillait signifiait qu'elle aimait ça. À ce stade, il ne sut pas quel type d'amante elle était. Le suspense dura encore quelques minutes puis elle formula ce qu'il prit comme un indice :

— Je n'ai aucune limite et pas beaucoup de vertu.

Larguez les amarres

Depuis le fameux festival à Saint-Malo, l'ambiance était tendue entre Martin et William. William ressentait encore de la colère. Leurs discussions se faisaient plus rares et surtout plus superficielles. William s'évertuait à ne pas parler de la prochaine collection. Il n'évoquait plus aucun projet. Au début, Martin, qui n'est pas très bavard, se sentit soulagé. Les trajets en van lui semblaient bizarrement moins longs quand son collègue parlait moins. Il faut dire que c'était une vraie pipelette d'habitude. Et on va faire ci, et si on faisait ça ? Et tu connais les road-festivals australiens ? On devrait y aller en novembre, ce serait chanmé ! Bla-bla-bla. Martin avait besoin de silence pour réfléchir ou juste faire le vide. Seul, il ne mettait d'ailleurs jamais la radio. Il écoutait le bruit du moteur et se concentrait sur les courbes de la route et sur celles de ses prochains dessins. Et pourtant, ce fut lui qui entama la conversation la plus importante de leur collaboration.

— Tu as quoi comme projet l'année prochaine William ?

William était atterré. Comment avait-il deviné ? Il ne pensait vraiment pas que Martin ait pu remarquer quoi que ce soit. De toute façon, il avait l'impression qu'il l'écoutait toujours d'une oreille.

— Euh… c'est-à-dire que… bah…

— Sois pas gêné comme ça, mec, j'ai bien compris que tu allais lâcher l'affaire.

— Non ! Je ne lâche pas l'affaire, ce n'est pas ça. C'est juste que… qu'on n'est plus sur la même longueur d'onde, toi et moi. Moi, je pensais qu'on galérait mais qu'on voulait tous les deux réussir. Et t'as eu cette proposition, c'était inespéré. C'était mon rêve depuis des années… Pour moi, on avait tous les deux ce même objectif mais t'as refusé, quoi !

— Tu ne comprends pas pourquoi j'ai refusé, c'est ça ?

— Ça, pour ne pas comprendre… tu peux l'dire !

— Écoute, ces pochettes ne valent rien pour moi. Moi, je dessine. Si je pouvais vendre mes dessins sur papier, sur toile, sur ardoise sur ce que tu veux, je le ferais.

— D'Accord mais si tu peux vendre des milliers de supports de dessin, tu vends des milliers de dessins !

— Je veux pas être obligé de produire. Je peux pas dessiner sur commande et surtout pas attendre la validation de quelqu'un ou, pire, devoir modifier le moindre trait parce qu'on me l'ordonne ou qu'on me le suggère. Mon tracé est comme il est et si ça plaît, ça se vend, et si ça plaît pas, tant pis.

— T’en veux trop.

— Sans doute.

— Tu y perdras ton slip, ton associé et ta meuf.

— Ma meuf ?

William n’avait jamais vraiment parlé avec Martin de Mathilde. En plusieurs années de collaboration, ils n’avaient jamais réellement abordé le sujet.

— Oui, Mathilde. Tu crois qu’elle ne va pas se lasser au bout d’un moment, d’être en couple avec un chômeur à l’âme d’artiste qui veut tout et qui n’a rien ? Tu t’rends compte à quel point elle trime, au moins ?

— Tu penses que Mathilde pourrait me quitter ? C’est vrai qu’en ce moment, elle est sur les nerfs avec moi mais c’est toujours dur l’été, avec les absences répétées.

— Je pense que pas mal de choses te pendent au nez et que tu risques de te retrouver comme un con avec ton crayon.

— Toi, alors, tu vas m’lâcher ?

— Oui, Martin, je vais t’lâcher. J’suis pas un vagabond. Je veux une rentrée d’argent fixe. J’étais persuadé que, rapidement, ça tournerait mieux que ça et qu’on devrait arrêter de parcourir les routes avec nos cartons, mais bon. On avance un peu la saison et on se sépare.

— Tu me largues, en fait ?

Mathilde n’avait pas tort. Ils formaient presque un couple, ces deux-là. Un couple qui venait de se rendre compte qu’il valait mieux arrêter là.

— Oui, si tu veux, je te largue, mec.

Et ils rirent. Après tout, ils étaient libres de leur destin professionnel. William se sentit soulagé. Martin avait l'impression de marcher au bord d'un précipice. Quelques jours plus tard, il mit son orgueil dans sa poche et rappela le boss de chez Universal. Il ne sut pas trop pourquoi il avait décidé tout d'un coup de faire ça. Par envie ? Par trouille ? Les sonneries de téléphone résonnaient dans son cœur, il transpirait comme un lycéen avant l'oral du bac de français. Il crevait d'envie de raccrocher avant même d'entendre la voix du grand monsieur à l'autre bout du fil. Il ne savait même pas ce qu'il allait lui dire, ni ce qu'il avait envie que l'autre lui propose. Un job ? Une mission ? En tout cas, il ne lui proposerait pas la liberté. Duval-Bourgeon répondit à la quatrième sonnerie. D'un ton agacé qui stressa encore plus Martin, il dit :

— Oui, allô.

— Bonjour monsieur Duval-Bourgeon, je suis Martin Fruteau. Vous m'avez appelé il y a six mois.

Et il marqua une pause. Duval-Bourgeon se marra. Le type au bout du fil pensait vraiment qu'il allait se souvenir d'un appel datant de six mois ?

— Bon, Martin, je ne vois pas du tout qui vous êtes. Vous pourriez avoir l'obligeance de me résumer l'objet de votre appel ?

— Bien sûr. Je suis dessinateur, vous m'avez sollicité pour créer des pochettes pour vous.

— Oui, peut-être. Le poste est pourvu.

— Ah… d'accord.

— Zêtes pas très réactif, mon vieux ! Si vous voulez du boulot, va falloir accélérer la machine.

Martin ne sut pas si le ton était condescendant ou paternaliste. Il décida de ne pas s'énerver, ça ne servait à rien de toute façon.

— C'est que je ne veux pas vraiment du boulot, enfin si, enfin, c'est compliqué.

— Pourquoi vous m'appelez, alors ?

— À vrai dire, j'en sais rien. J'suis un artiste qui se fait vieux, mon associé va me lâcher parce qu'il veut vivre décemment et ma copine veut un mec qui gagne sa vie. Je cherche des solutions, à contrecœur.

— Je comprends mieux votre enthousiasme. Bon, je suis pas psy mais si j'entends parler d'un truc je penserai à vous, et à votre copine surtout. Envoyez-moi un e-mail avec des photos de vos dessins, ou un lien vers votre site ou votre page Facebook, ou je ne sais quel support sur lequel je peux voir ce que vous faites et je garde ça en tête.

— Merci beaucoup, monsieur Duval-Bourgeon. Au revoir.

Et il allait raccrocher quand il entendit un cri dans le téléphone.

— Mon vieux, décidément, vous êtes à côté de la plaque ! Vous n'avez pas noté mon adresse e-mail : d.bourgeon.directionUniv@gmail.com.

— Merci. Bonne journée. Au revoir.

Martin ne sut pas s'il était content ou non. Au moins, on ne lui avait pas proposé d'offre d'emploi qu'il se serait senti obligé d'accepter sur-le-champ. Il serait encore peinard avec ses stylos quelque temps. La saison des festivals continua. L'ambiance était cool entre les deux acolytes, ils plaisantaient beaucoup. Ils profitaient de la fin de leur histoire en en savourant chaque instant. C'est un peu le phénomène du bonheur intense juste avant un amour qui s'essouffle définitivement. Les ventes s'en ressentaient. Ils voulaient finir sur une bonne note, sur un bon bilan. La semaine, Martin était encore plus crevé qu'avant. Et il n'est pas du genre à être câlin lorsqu'il est fatigué, ni à se réfugier dans les bras de son amoureuse pour coocooner. Non, il était plutôt du genre nerveux, ronchon et angoissé. Comme si ses défauts étaient accentués par la fatigue. Mathilde n'en pouvait plus. Il le sentait. Et plus elle était exaspérée, plus il la provoquait. Il ne le faisait pas exprès, c'était plus fort que lui. Il attaquait le premier. Légitime défense qui se terminait régulièrement en légitime défonce. Un soir, elle rentra en traînant des pieds, elle, d'habitude dynamique, presque survoltée. Son visage affichait un air résigné et trop serein. Elle semblait presque effrayée par la scène qui allait se passer, par anticipation.

— Martin, je n'en peux plus. On doit arrêter tout ça.

— Explique-toi.

— Oui, je vais m'expliquer.

Là, Martin eut peur. Il se mit à l'écouter, vraiment. Il était enfoncé dans son gros pouf orange et fumait une cigarette. Normalement, son « Explique-toi » mettait en rogne Mathilde. Elle montait sur ses grands chevaux et il en prenait plein la gueule. Il avait l'habitude, ça arrivait toutes les semaines pendant la saison des festivals. Il rentrait, ils s'engueulaient et avaient à peine le temps de se réconcilier qu'il reprenait la route. Mais là, Mathilde était étrangement calme. Elle ressemblait à un robot qui récite un discours mûrement réfléchi.

— Je t'écoute, ma chérie.

C'est marrant mais parfois on est persuadé qu'un mot d'amour pourra nous sortir comme par magie d'une situation inextricable.

— Tu pars beaucoup, ça me laisse le temps de réfléchir. À nous, à toi et surtout à moi.

— Oui…

— Je veux une famille. J'ai toujours voulu une famille avec toi, j'ai attendu, j'ai continué à rêver, à espérer, mais là, j'en ressens le besoin imminent, dans mes tripes. Mais, tu vois, j'ai un problème.

— C'est-à-dire ? Ce n'est pas le moment, c'est ça ? On a une vie trop désorganisée et pas assez de thune ?

— Oui, c'est vrai. Mais ça, ça peut se résoudre vite si on en prend la décision. Non, mon problème est plus profond et plus dur à formuler.

Elle respira profondément. Ses yeux roulèrent bizarrement. Elle mit sa main droite sur son ventre, appuya sur ses abdos comme pour faire rentrer en elle sa crainte et oser parler.

— Je veux une famille plus que tout mais je ne suis plus sûre de la vouloir avec toi.

Le couperet était tombé. Martin fut étêté sur le coup. Immobile, il se sentit hypnotisé par la sentence. Il pensa qu'il était dans le même état de flou qu'un canard décapité qui continue à courir.

— Tu la veux avec quelqu'un d'autre ?

— Peut-être, je ne sais pas, c'est encore vague.

— Je veux dire, est-ce qu'il y a quelqu'un d'autre ?

— Ah… non. Personne. Juste pas toi quoi, pas comme ça.

Elle lui avait souri tristement et lui avait caressé la main comme pour le réconforter d'une blessure qu'elle venait elle-même de lui faire. Puis, elle était allée se coucher, comme un fantôme d'elle-même, vidée de ses forces et de ses espoirs aussi. Il avait mis du temps à la rejoindre. Pour une fois, elle ne l'avait pas attendu pour s'endormir.

Le lendemain, il partait pour son dernier week-end de festival. William arrêtait. Martin ne savait pas ce qu'il ferait de sa vie, ni avec qui. Mathilde l'avait-elle largué ? Il n'en était même pas sûr.

Tourner de l'œil

— Marthe ! Marthe ! Tu m'entends ?

Marthe gisait, inanimée. Elle ne répondait pas aux cris de sa fille qui pourtant essayait de ne pas paniquer. Elle ne réagissait pas aux caresses de sa petite-fille qui, elle, restait très sereine.

— Maman, ne pleure pas, Manoumi fait dodo.

Lolita était-elle pile dans l'âge où il est facile de comprendre la mort ? Elle ne semblait pas stresser, la scène lui parut normale, sa Manoumi dormait, c'était comme ça. Simple. Lucie inspira un grand coup. Pas la mort, pas maintenant, pas Marthe. Lorsque les pompiers arrivèrent, elle venait d'ouvrir les yeux. Elle ne savait plus où elle était. Ils s'entretinrent d'abord avec Lucie qui répondit le plus calmement possible aux questions entre deux sanglots. Elle serrait tellement fort la main de sa fille que la petite essayait de se dégager. Un jeune pompier, au chevet de Marthe, l'éclairait avec sa petite lampe de poche et lui parlait. Elle répondait de plus en plus précisément. Au bout de quelques minutes, elle déclina sans difficulté son prénom, son nom, son âge et son état de santé global. Puis s'inquiéta tout à coup de l'endroit où était sa petite-fille, ce qui prouvait qu'elle recouvrait ses esprits.

— Elle est avec sa maman, ne vous inquiétez pas. C'est votre fille, n'est-ce pas ?

— Oui ce sont ma fille et ma petite-fille.

— Comment s'appelle votre fille, Madame ?

— Lucie.

— Très bien. Je crois que vous avez subi un choc qui vous a fait tourner de l'œil, comme on dit. Vous souvenez-vous de ce qui a pu se passer ?

Elle fit semblant de ne rien se rappeler mais l'image de Luc passa soudain devant ses yeux. Leurs regards qui s'étaient croisés. Cette étincelle d'espoir dans les yeux du jeune homme. Que croyait-il ? Qu'elle allait accourir et lui présenter sa famille ? Voulait-il la tester ? Ou bien la menacer ? Elle espérait vivement qu'il ait fait ça sur un coup de tête, sans intention aucune, avec le seul désir de voir qui était sa famille. Oh mon Dieu, s'il ruinait sa vie ? Si Jean-Paul savait, si Lucie savait, elle qui ne croyait déjà pas trop en l'amour et se réfugiait psychologiquement dans les jupes du couple parental pour se rassurer. Sa petite Lolita… Si l'envie prenait Luc de la kidnapper pour lui faire du chantage ? Non, non, elle déraillait. À force de lire des thrillers, elle s'inventait des histoires folles. Mais les gens sont dingues, parfois… Et puis, ces derniers temps, elle avait eu l'impression de voir Luc partout, comme un fantôme menaçant. Quand elle montait dans un taxi, elle imaginait que la nuque du chauffeur était la sienne, qu'il allait l'emmener elle ne savait trop où et la menacer de tout révéler si elle ne venait pas vivre avec lui, là, sur-le-champ. Elle le croisait dans les escalators des centres commerciaux. À la terrasse des cafés, il était à la table d'à côté, au cinéma il était assis derrière elle. Elle avait développé une obsession qui traduisait sa peur. Pourtant, là, elle en était sûre, il était bien sur ce fichu banc avec sa fille, à parler, de quoi d'ailleurs ? Il faudrait qu'elle trouve le bon angle pour savoir mais sans éveiller les soupçons de Lucie.

— Sans doute que j'ai eu peur que ma petite fille tombe du toboggan. Ça va. Je me sens mieux. Je voudrais juste un verre d'eau, s'il vous plaît.

— Oui Madame, bien sûr.

Et le jeune pompier courut lui remplir un gobelet en plastique.

— Merci jeune homme.

— On vous laisse Madame, reposez-vous surtout et n'hésitez pas à consulter si ça recommençait.

— Promis. Au revoir.

Lucie s'approcha de sa mère. L'aida à se relever. L'attroupement se dissipa. Les mères sur leurs bancs cessèrent de se raconter toutes leurs expériences traumatisantes ayant nécessité l'intervention des pompiers, des crises d'épilepsie aux piqûres d'abeille, et reprirent leurs conversations banales. Les enfants continuèrent un peu à parler des pompiers et des feux, des gendarmes et des voleurs, des astronautes et des fusées, et de tous les métiers qu'ils feraient plus tard ou que leur papa faisait.

— Ça va maman ? Tu m'as fait une de ces peurs !

Marthe ne releva pas l'emploi du « maman », du moins ne le fit pas remarquer à Lucie. Inconsciemment, elle se sentit rassurée. Sa famille lui appartenait encore. Luc n'avait encore rien gâché.

— Oui, ça va. Mais je dois être toute blanche avec ces satanés cailloux !

— S'il n'y a que ça, ne te plains pas.

— Oui c'est vrai. Mais je reste coquette malgré tout.

Lucie se détendit un peu. Si sa mère pensait à sa tenue et à son image de femme soignée, c'est qu'elle allait bien.

— J'étais tranquillement en train de discuter avec ce jeune homme de *Cinquante nuances de Grey* quand tu es tombée, ou bien était-il déjà parti ? Bref, je ne m'en souviens même plus. Tu aurais pu te faire mal avec le rebord du toboggan en fer.

Même pas besoin de demander ! Marthe avait sa réponse. Ils avaient parlé littérature. Lucie ne connaissait pas son prénom, il ne s'était pas présenté. Il était sans doute simplement là pour lui mettre un coup de pression. Elle devait la jouer fine à leur prochain rendez-vous pour ne pas l'énerver, il était déjà à point. Il fallait le guider vers l'ombre tout en lui donnant l'impression d'avancer dans la lumière. Surtout réussir à éviter qu'il explose. Comment avait-elle géré avec le précédent, déjà ? Ce qu'ils étaient fatigants, à s'attacher à elle ! Pourquoi ne se contentaient-ils pas simplement de ce qu'elle pouvait leur donner ? Pourquoi idéalisaient-ils la vie avec elle ? La meilleure façon de les faire déchanter serait de s'installer quelques mois avec eux et de leur montrer qu'elle était comme les autres ! D'autant qu'habituée comme elle l'était à une vie aisée, les pauvres, elle les plumerait en quelques semaines seulement. Jeunes naïfs rêveurs ! Elle était flattée mais encombrée ! Oui, c'était exactement ça, encombrée. Elle disposait de peu de temps pour trouver une solution.

CHAPITRE INTERDIT NUMÉRO 8

William avait toujours été obsédé par les abdos. Les latéraux surtout. Les petits sans lesquels la fameuse tablette de chocolat ne tiendrait pas. Ado, il tenait à avoir le ventre musclé, des abdos comme une barrière de protection, mais, adulte, il avait compris que les abdos, il les aimait surtout sur les autres garçons. Il s'était vaguement perdu dans les bras de jeunes filles tendres mais, ses premiers papillons, il les avait ressentis avec Paul. Il traînait au skatepark, tentait des figures improbables, perdu dans ses pensées, et se vautra lamentablement dans la cuvette en béton. Un homme accourut. Plus âgé. Foutrement sensuel. Il l'aida à remonter et, face aux genoux écorchés du blessé, lui proposa de le soigner. Il ne vivait qu'à quelques mètres de là, ç'aurait été idiot de refuser.

William accepta, le trajet, la désinfection, le pansement superhéros, et le reste. Paul était doux et explicite à la fois. Il l'invita à s'asseoir dans le canapé en velours. William aurait aimé s'y installer pour toujours. Pour le confort et pour la compagnie. Les minutes passaient, les centimètres entre eux fondaient, et William se sentait différent de d'habitude. Sa tête n'avait pas heurté le sol. Ce devait être autre chose. Il avait chaud mais c'était localisé dans le bas du ventre. Paul y posa la main, pour voir. William émit un petit son qui lui fit honte, comme un grincement de montée de plaisir. C'était plus la vision du geste que le geste en lui-même qui l'excitait. Voir cette main d'homme sur lui, comme ça, lui fit comprendre que ce qu'il pressentait était réel, son attirance modérée pour les jeunes filles en fleur qui lui couraient après. Il les trouvait touchantes mais n'avait pas envie de les toucher, tandis que Paul… le toucher… il en mourait d'envie. Il posa sa main par-dessus la sienne. Ils ressemblaient à deux gamins qui font une montagne de mains en chantonnant mais la suite n'eut rien d'enfantin.

Paul, naturellement, comme il lui aurait proposé un thé, lui proposa de le sucer. Il lui dit : « J'ai envie de te sucer. Tu veux bien ? » William se répétait encore cette phrase, des années plus tard. C'était simple, doux. Juste une envie partagée. Sentir son sexe dans un étui chaud et humide lui fit presque perdre ses moyens immédiatement. Il se ressaisit et se concentra pour ne pas venir. Il profita de quelques va-et-vient, certains lents et suaves, et d'autres énergiques et rythmés, mais il fit une erreur. Une erreur irrattrapable. Il regarda Paul le sucer. L'image de cet homme, avalant son sexe le fit littéralement exploser. Dans un râle de plaisir digne des meilleures simulations de films pornographiques, il jouit et sut.

Le pain, c'est meilleur grillé

— Sonia ? C'est quoi, le TAEG ? Et un nantissement partiel sur assurance vie ? Et c'est quoi, un prêt modulable ? Oh mon Dieu, je n'y comprends rien.

Pourtant, Lucie avait passé des heures et des heures à fouiller Internet, à lire, à relire, à noter même, mais ça lui semblait encore si opaque. Quand elle pensait comprendre et avoir attrapé le fil, elle se gonflait d'orgueil puis se rendait compte que rien ne collait. Elle calculait, recalculait, soupirait et resoupirait.

— Commençons par le début. Tu empruntes de l'argent, tu as un taux d'intérêt, on est d'accord ?

— Oui, je crois que j'ai compris les choses seulement jusque-là.

— Ah… OK. En gros, le TAEG est le taux global d'intérêt, ça comprend le taux d'intérêt et tous les frais possibles. C'est bon ?

— D'accord.

— Et, pour que la banque te prête des fonds, il faut que…

— Attends, attends, je note le truc du TAEG.

Sonia se dit soudain que ça allait être long. Elle était bien mignonne, sa cousine, mais elle n'avait pas que ça à faire. Ses collègues du cabinet de compta commençaient à se demander sérieusement ce qu'elle fichait au téléphone sur son portable perso pendant ses heures de bureau. Elle avait bien demandé à Lucie de la rappeler après 18 heures mais elle s'était mise à crier que c'était impossible et que, d'ailleurs, Marco ne devait rien savoir, c'était une surprise. Un prêt, une surprise ? Bref, ce n'étaient pas ses histoires, mais elle avait envie d'en finir au plus vite. La conversation dura trente-cinq minutes. Lucie raccrocha, satisfaite, même qu'elle avait tout compris !

Le soir, elle rentra toute guillerette à la maison. Au magasin, dans l'après-midi, Mathilde lui avait fait un cake au thé matcha. Elle avait même prévu les bougies et, surtout, elle avait appris à chanter « Joyeux anniversaire » en coréen pour faire rire sa copine. Encore un moment magique ! Elle fit voler Lolita dans ses bras à la crèche et fit semblant de ne pas comprendre que ce qui se cachait dans le paquet-cadeau tout froissé que tenait fièrement la petite fille était un long collier de pâtes. C'était une belle journée. Elle avait 31 ans. Elle avançait dans ses projets personnels et sa fille était souriante et magnifique. Elle lança une préparation dans son Thermomix. Ce soir, ce serait repas de fête ! Risotto aux cèpes et îles flottantes. Elle mit la table, avec l'aide de Lolita qui eut le droit à son set préféré, ravie. C'était zour de fête, l'anniversaire de maman.

Lucie faisait manger la petite quand Marco rentra du travail. Il était très souriant. Tiens, n'aurait-il pas oublié son anniversaire comme l'année dernière ? Il embrassa sur le front la mioche comme il l'appelait en riant puis prit sa femme dans ses bras. Quel événement ! Ils mangèrent le risotto pendant que leur Lolita suçotait bruyamment sa compote. Lucie avait mis de la musique, Forum, parce qu'elle aimait bien l'alternance des genres et des époques. Marco faisait des efforts pour faire la conversation. C'était un peu ennuyeux mais Lucie apprécia sa bonne volonté. Elle alla coucher la gamine après lui avoir lu une histoire de princesse qui tombe amoureuse d'un gentil garçon, bien que fils de paysan. Lucie, en refermant le livre, pensait toujours amèrement que son prince à elle avait bien tout du paysan mais rien du gentil gars. Quoique, ce soir, elle lui laissât le bénéfice du doute. Elle redescendit. Marco l'avait attendue à table, calmement. Il n'avait même pas sorti son smartphone. *Il n'est même pas en train de regarder des meufs à poil en m'attendant, bien*, se dit-elle. Un cadeau était posé sur la table. Trop mignon.

— Joyeux anniversaire Luciotte !

C'est marrant, avant, quand il l'appelait comme ça, elle sentait une petite étincelle dans le fond de son ventre. Mais là, ça ne lui faisait plus rien. Elle éprouvait même une petite gêne étouffée. Au fait, avant, c'était quand ?

— Merci Marco.

Elle ouvrit le cadeau. Comme dans d'autres circonstances dernièrement dans son couple, elle fit semblant d'aimer, maintint le temps nécessaire un sourire figé puis embrassa son conjoint. Elle rangea la table en parlant de sa journée. Elle était assez méthodique pour débarrasser, d'abord les couverts au lave-vaisselle, fourchettes têtes en bas pour ne pas se piquer, puis les assiettes, les plus grandes vers l'extérieur sinon ça bloque les hélices, les verres en dernier et, si on a bu du vin, surtout, il faut les rincer, oui, le sucre, ça accroche et ça fait des traces ! Elle n'était pourtant pas comme ça, avant. Elle passa un coup d'éponge sur la table blanche. Puis, elle rangea son grille-pain d'anniversaire dans un placard et monta se coucher.

Joyeux anniversaire Luciotte ! Il y a encore quelques années, elle aurait pesté et eu envie de griller les mains de Marco dans le grille-pain bon marché qu'il venait de lui offrir, tout fier. Mais là, elle s'en fichait presque. Marco se dit qu'avec un peu de chance, elle ne verrait pas que c'était la promo de la semaine dans le Super U d'à côté et fut plutôt satisfait d'avoir réussi à faire plaisir à sa compagne, pour une fois, tout en faisant une affaire !

Le changement, c'est maintenant

Depuis qu'il avait divorcé, Louis Duval-Bourgeon avait changé. Pas du jour au lendemain. La métamorphose avait été plus sourde, plus longue, par petites touches de couleurs sur son visage devenu trop gris au fur et à mesure des années. En quelques mois, il avait arrêté de fumer. Ce qui était déjà un bon point et une petite révolution dans son quotidien. Il se demandait maintenant si c'était Jeanne qui le stressait au point de griller une vingtaine de cigarettes par jour. Son ex-femme n'était pourtant pas pénible. Un peu capricieuse par moments, un peu soupe au lait aussi, mais, en général, assez complaisante.

C'était une jeune fille timide et de bonne famille quand il l'avait rencontrée. Elle était belle comme un cœur, belle comme une jeune fille qui ne s'est jamais demandé si elle l'est ou non, fraîche et innocente. Lui, il était légèrement plus vieux, d'à peine deux ans. Mais, en deux ans, il avait eu le temps de s'amouracher de trois jeunes filles. Il y avait eu Louise, « tout en jambes », comme disait Michel (le père Duval-Bourgeon) avec un clin d'œil complice à son fiston. Ensuite une autre, la fille du pharmacien, tiens, il ne se souvient même plus de son prénom… et Laure. Elle, il ne l'oublierait jamais, d'ailleurs, elle avait hanté chaque jour de sa vie depuis qu'il avait été le premier à caresser ses cuisses frêles de sa main maladroite, le premier à l'embrasser dans le cou et le premier à… Ils avaient découvert tellement de choses ensemble, et pas seulement les plaisirs du corps. C'était son âme sœur, son « complément d'âme », rectifiait-elle, le regard coquin, « pour plein de raisons, cela m'embêterait d'être ta sœur », et elle l'embrassait dans le creux de la main avant de refermer ses doigts d'adolescent sur ce baiser et sur cette fausse promesse d'éternité.

Et puis, Laure avait déménagé. À l'autre bout du monde, ou presque. Son père était militaire, muté au Mali. Quelle idée ! Louis avait été bouleversé. Il avait eu l'impression de devoir continuer à vivre dans un corps en ruine dont il traînait les morceaux chancelants à chaque pas pour essayer de continuer à avancer, un peu. « Ne te laisse pas abattre, mon Louis », lui disait sa mère, et l'adolescent faisait ce cauchemar récurrent, son corps nu devant un peloton d'exécution, 1, 2, 3 et c'en était fini de ses souffrances. Rêve ou cauchemar ? Il avoue qu'il avait même pensé à mettre fin à ses jours à cette période. Sans son amour, qui était-il ? Du haut de ces 53 ans, il devrait penser à cette époque avec un petit sourire et se dire que c'était bien ridicule de penser à se suicider parce que son amour d'adolescent venait de partir. Mais non, il ne souriait pas et ressentait encore un pincement au cœur quand il voyait défiler devant ses yeux d'homme les longues boucles blondes de sa Laure. Il ne sut jamais ce qu'elle était devenue. Il ne sut donc pas qu'à peine arrivée au Mali elle s'était investie dans un joli projet humanitaire et qu'elle était tombée follement amoureuse du jeune responsable du projet de construction d'école mixte. Il ne sut donc pas que, de temps en temps, elle pensait à lui, avec, simplement, un petit sourire.

Et puis, il avait rencontré Jeanne. Ou plutôt on lui avait présenté Jeanne. Sa chère mère, inquiète de voir son unique enfant sombrer dans la dépression suite à son premier chagrin de cœur, avait décidé de prendre le taureau par les cornes. Louis n'avait pas émis d'objection particulière, Jeanne non plus. Ils s'étaient mariés. Ils avaient souri sur leurs photos de mariage, sur les photos d'anniversaire, sur les photos de fêtes de famille et enfin sur les photos d'anniversaire de leurs deux enfants. Et l'année dernière, Duval-Bourgeon avait eu un cancer. Un cancer de la prostate. Pas bien méchant, vite soigné. Il avait de la chance. Il était sorti de son dernier rendez-vous important à l'hôpital, rassuré et décidé à tout envoyer valser. Finis les dimanches en famille, à parler de sujets lisses, entouré de sa femme à laquelle il ne trouvait plus désormais l'intérêt de la nouveauté et de ses deux enfants bien propres sur eux et trop bien élevés. Avant d'avertir ses proches, il avait tout préparé. Il était allé voir le notaire et son avocat. Tout était en ordre le jour où il avait décidé de parler à son épouse. Il était quand même à la tête de la direction française d'un des plus grands groupes de musique au monde. Pas question de mettre en péril cette partie de sa vie qu'il adorait. Jeanne avait intégré l'information comme si elle venait d'apprendre que la boulangerie du coin fermait et qu'elle devrait désormais s'habituer à manger un autre pain que celui qu'elle dégustait quotidiennement. Elle choisit l'image du pain, pas de la baguette, cela faisait des années qu'elle ne mangeait plus de baguette. Elle avait surtout compris qu'elle garderait la maison et qu'il lui assurerait un train de vie égal jusqu'à la fin de ses jours ou jusqu'à ce qu'elle rencontre quelqu'un d'autre. *Rencontrer quelqu'un d'autre ?* se dit-elle. *Pour quoi faire ? Après tout, maintenant, je vais être un peu tranquille.* Ils s'étaient quittés en bons termes.

Louis vivait désormais dans un loft atelier d'artiste en plein cœur de Paris. Il était passé des costumes étriqués même le week-end à un look un peu plus cool, pantalons à pinces et petits polos constituaient sa principale garde-robe en ce début d'été. Et il ne courait plus les expos dans l'espoir de se faire voir et de passer pour un être passionné d'art et très érudit comme le lui imposait sa femme dès qu'ils avaient un moment de libre. Désormais, il sculptait. Il cassait des pierres, leur offrait une forme, les ciselait… Il se disait « créateur de dentelle sur cailloux ». Il adorait son nouveau lui. Il fréquentait d'autres artistes, des chanteurs, des peintres et même des saltimbanques de rue. Ce qui ne l'empêchait absolument pas d'assumer tout aussi sérieusement qu'avant ses responsabilités de directeur France chez Universal. La marque prenait simplement maintenant un tournant plus tendance, ce qui s'expliquait sans doute par les nouvelles fréquentations artistiques de Louis.

Il était en pleine finition de sculpture quand le petit jeune avait appelé sur son portable. Il pensait que c'était son pote Serge qui était en retard pour déjeuner comme d'habitude et qui le prévenait depuis le téléphone de sa maîtresse du moment. Il avait donc été agacé lorsqu'il avait compris qu'il ne connaissait pas son interlocuteur et qu'en plus, celui-ci lui demandait vaguement un service sans trop qu'il sache lequel. Et puis, il avait été amusé par l'indécision du gamin. L'appel datait déjà de quelques jours quand il y avait repensé, au calme, une tasse de thé à la main. Il s'était alors demandé, en regardant les sculptures qui l'entouraient dans sa maison-atelier, ce qu'il serait devenu si sa passion artistique l'avait envahi, plus jeune. Maintenant, pour lui, c'était confortable de se laisser déborder par une obsession, ça ne lui demandait pas de prendre de risques. Sa carrière était déjà bien avancée voire presque finie, il ne faut pas se mentir. La sculpture était une passion loisir. Mais pour le petit jeune, Martin, si sa mémoire était bonne, ça semblait différent. Il avait des idéaux d'artiste mais semblait crever la dalle. Il se mit alors en tête de l'aider. Ce serait son nouveau cheval de bataille. Il chercha pendant des heures une solution. Chez Universal, impossible. C'était trop conformiste, le p'tit, comme il l'appelait maintenant dans sa tête, deviendrait fou. Dans une des associations d'artistes ? Inutile, le budget ne permettait pas d'embaucher. Il avait étudié avec attention les dessins de Martin et lui avait reconnu un certain talent et une patte. Tout à coup lui vint une idée de génie. Le concept-store à côté de chez lui était tenu par l'ancienne maîtresse de Serge. Il ne se serait jamais douté que les délires sexuels abusifs de son pote pourraient un jour lui être utiles.

Maeva était réunionnaise, toujours bronzée et très souriante. Elle l'accueillit avec un bon café et une oreille attentive. Elle réfléchit longuement, en silence, ce qui mit mal à l'aise Louis qui essayait depuis le début de ne pas poser les yeux sur les jambes longues, fines et nues de la jeune femme. Elle jeta de nouveau un regard sur les dessins de Martin et sur son site internet puis sortit une feuille du tiroir de son bureau design. Elle écrivit :

Design d'objets.
Décoration de textiles : dessins des motifs, choix des couleurs en fonction de la collection désirée.
Graphisme sur mugs et autres objets quotidiens : collection fixe et partie personnalisation désirée par le client.
Réalisation de visuels pour objets publicitaires : flyers (dessins papier retravaillés ensuite par le graphiste), dépliants, cartes, porte-clés et autres goodies.
Poste à mi-temps, pour l'instant. Période d'essai : 3 mois.
Salaire : 2 120 € bruts mensuels.

— Donnez cette offre d'emploi à votre ami et dites-lui de venir me voir très rapidement. Je sais prendre des décisions sur des coups de tête mais j'ai une grande capacité à les oublier au bout de quelques jours. S'il ne saute pas sur l'occasion, cette offre n'aura plus de valeur. Au revoir, embrassez Serge pour moi.

Et elle sortit du bureau. Louis resta comme un couillon sur son tabouret design mais très inconfortable, le papier à la main.

Donnez cette offre d'emploi à votre ami, se répétait-il. *J'ai une offre d'emploi !! Mais... le p'tit n'est pas encore mon ami.*

Mais qu'est-ce que je fous là ? Martin observait les rideaux de cette chambre d'hôtel miteuse. Orange et jaune se mêlaient en un dégradé atroce, laissant ressortir des motifs dont son œil sensible se serait bien passé. Il se demanda si l'esprit pouvait garder des séquelles après avoir subi une telle vision d'horreur. Il était assis dans ce fauteuil plus ou moins net depuis déjà quatre heures. Quatre heures à ne rien faire. Il essayait de réfléchir mais il avait une telle capacité à la distraction qu'il n'avait pas du tout eu l'impression d'avoir avancé quand son vieux portable sonna. Il ne répondit pas. Pas le temps. Il n'avait pas laissé William rentrer seul de leur dernier festival pour répondre au téléphone. Mathilde pensait qu'il était encore au boulot et à part elle, qui pouvait chercher à le joindre ? C'était bien ça, en réalité, la problématique, le fait qu'à part Mathilde personne ne se souciait guère de ce qu'il devenait, sauf Luc, c'est vrai, mais bon, il pouvait attendre.

Il en était à faire un bilan. Avec le départ de William, sa vie professionnelle lui échappait, seul, il ne pourrait pas s'en sortir, il était né faible avec comme seule arme un crayon de papier et on a déjà vu ce que pouvait donner un affrontement entre vie réelle et crayon de dessinateur. Quant à sa vie personnelle… Bon sang que devait-il faire ? Il ne s'était pas posé la question depuis quelques années, ça ne lui avait pas semblé utile mais elle le hantait depuis la crise de Mathilde : était-il encore amoureux d'elle ? Et la réponse était assez claire désormais dans sa tête. Oui, oui et oui. Il aimait sa petite bouille du matin, il adorait la voir douce mais aussi bouillonnante de violence, il ne se lassait pas de son rire et il trouvait encore ça mignon quand elle ronflait et, surtout, depuis quelques mois, il l'imaginait enceinte. Il ne savait plus comment c'était arrivé. Il avait espéré que ça passe, s'était dit que c'était un état de faiblesse passager, mais non, l'image de sa compagne avec un petit ventre rond passait bien régulièrement devant ses yeux et… l'attendrissait. Il avait beau retourner le problème dans tous les sens, échafauder des scénarios magiques, la conclusion était toujours la même : il devait trouver un boulot et rentrer dans le rang.

Il était 20 heures quand son estomac le rappela à l'ordre : la réflexion ne coupe pas la faim. Il descendit dans la salle de restaurant de l'hôtel. Étrangement, la nourriture était bonne, pas sophistiquée mais bonne. Pendant le repas son téléphone sonna de nouveau. Il ne vit l'appel en absence qu'une fois remonté dans sa chambre, repu. Tiens, c'était le même numéro que quelques heures auparavant. Pas de message sur son répondeur. *Ça rappellera si c'est important.*

Mais que foutait le p'tit, bon sang ? Louis avait écouté deux fois l'annonce d'accueil de Martin sans oser laisser de message. C'était délicat aussi. Il n'aurait pas su comment formuler les choses.

— Bonjour, je suis Louis Duval-Bourgeon, vous m'avez appelé une fois et depuis je me suis démené pour vous trouver du boulot parce que… parce que j'ai décidé que nous serions amis. Rappelez-moi !

Il décida de tenter une dernière fois de le joindre et ensuite il abandonnerait leur amitié encore dans l'œuf.

— Oui, allô.

— Martin ?

— Oui, c'est moi. Qui êtes-vous ?

— Louis Duval-Bourgeon.

Ce nom ne lui convenait plus. Trop bourgeois, trop long, trop prout-prout. Mais bon, est-ce qu'on change de nom à 53 ans ? Il s'imaginait, de temps en temps, se présenter en tant que Louis Marley, il rêvait d'un nom plus cool.

— Monsieur Duval-Bourgeon, euh… bonsoir.

— Bonsoir jeune homme. (Il avait évité de peu le « Mon p'tit » mais avait quand même frôlé le paternalisme avec ce « Jeune homme ».) Je vais être bref et direct. J'ai un emploi pour vous, pas chez Universal mais dans un concept-store. C'est un boulot en or. Je vous attends demain au 2 rue de l'Hermitage dans le

6e arrondissement. Est-ce que 11 h 15 vous conviendrait ? On parlera et on ira manger un bout.

— Euh… oui, d'accord. À demain.

— À demain.

Ouf ! Le coup de fil s'était bien passé. Le p'tit n'avait pas refusé le rendez-vous et ne s'était pas braqué. Martin ne sut que penser de ce dernier festival, de la discussion solennelle avec Mathilde, de son avenir, de ce coup de fil, du confort de ce matelas à ressorts, bref, il s'endormit, bercé par le doute. Le lendemain, il rendit la clé à la réceptionniste qui lui avait fait du gringue déjà la veille. Il l'avait regardée de plus près. Elle était canon. Ses fesses étaient si hautes, son ventre plat et musclé et ses seins donnaient franchement envie d'être touchés. Il avait hésité un instant, après tout, Mathilde n'en saurait rien et, à la fin de son dernier monologue, elle le mettait presque à la porte ! Mais il n'avait pas cédé parce qu'il était venu dans ce coin paumé pour réfléchir à ses problèmes existants, pas pour s'en créer de nouveaux.

Il prit le train très tôt pour Paris. Il tenait vraiment à ne pas arriver en retard. Peut-être que la vraie vie professionnelle le tentait plus que ce qu'il pensait, finalement. Il devait s'acheter des fringues avant d'y aller. Son jean troué et son t-shirt « Nouveau sauvage » ne feraient pas l'affaire. Un jean sombre et propre et une chemisette claire constituèrent sa tenue du grand jour. Louis Duval-Bourgeon était très sympa, intéressant, passionné, charismatique et presque envoûtant. L'offre d'emploi ne se refusait pas. Plus de deux mille euros de salaire ! Pour un seul mois travaillé ? Et à mi-temps ! Martin crut à une blague puis comprit que c'était bien réel. Il s'excusa d'avance auprès de Louis, se leva et… se mit à danser. Un joli pas de ragga, les bras en l'air et les yeux exorbités. Cela amusa beaucoup Louis qui se dit que son nouveau copain était carrément cool.

Une nouvelle vie au bout du tunnel

« Gare de Lyon Part-Dieu, vous êtes arrivée. » Le rêve commençait donc ici. Lucie déposa son sac à l'appart-hôtel qu'elle avait discrètement réservé quelques jours plus tôt. Programme de cette première journée sous le soleil de début juillet : visiter deux quartiers emblématiques de la capitale française de la gastronomie : le vieux Lyon et la Croix-Rousse dont elle tomba tout de suite amoureuse. Elle en aima les grandes façades ocre et les ruelles étroites et alambiquées pleines de charme. Le lieu parfait pour son salon de thé !

Le lendemain de son arrivée, elle se réveilla sans difficulté, trop impatiente de courir les agences immobilières à la recherche du local parfait et surtout dans son budget. Sa première visite était prévue à 14 h 15. Elle pensait flâner en ville mais elle fut bizarrement attirée par une petite agence tristounette collée à l'immense centre commercial. L'agent immobilier lui montra dans un grand classeur ses locaux disponibles.

Certains à la Croix-Rousse, premier choix, époustouflèrent Lucie mais le prix la fit descendre de son nuage. Son rêve lui échappait… Il y avait bien un local à Monplaisir, dans le 8e, qui semblait correspondre… Elle ne connaissait pas le coin mais elle ajouta cette visite aux cinq programmées dans sa journée. Ne pas chômer, prendre des photos et des notes. Mesurer les espaces et mémoriser le moindre détail… Le trajet de retour lui sembla court pour classer toutes les informations dans les bons compartiments de son cerveau, d'autant qu'elle ne pourrait compter sur personne pour lui rafraîchir la mémoire. Elle se devait de garder tout cela secret jusqu'à ce que son choix soit fait et jusqu'à ce qu'ensuite son financement soit accepté par la banque. Elle allait bien sûr tout raconter à Mathilde.

C'est donc toute guillerette qu'elle annonça à sa collègue, le lendemain, l'avancée de ses recherches. Elle ne lui épargna aucun détail. Tout comptait. L'éclairage. La rue. Les magasins avoisinants. Tout. Lucie se projetait en virevoltant et Mathilde fondit en larmes. Pendant dix bonnes minutes, elle déversa son trop-plein liquide de sentiments : elle avait plus ou moins largué Martin et, en plus, elle allait se retrouver seule avec leurs épices de merde.

— Eh oh, elles sont bonnes, nos épices, c'est de la bonne épice, bien chère et bien bobo !

Mathilde eut un petit sourire. C'était loin de sa franche rigolade habituelle mais c'était mieux que quelques minutes auparavant.

— Viens avec moi, sinon.

— À Lyon ? Qu'est-ce que j'irais foutre à Lyon ? Non, si je pars, j'irai en Thaïlande.

— En Thaïlande ? Et après tu me demandes ce que tu pourrais bien foutre à Lyon !

— Au moins en Thaïlande, je ne risquerais pas de voir la gueule de con de Martin.

— D'enculé, ma chérie, là, tu peux dire d'enculé.

Et elles éclatèrent de rire. Enfin.

— Tu comptes dire quand à Marco que tu te barres ?

— Une fois que j'aurai un appartement, un local et un financement. On est en juillet, j'espère en septembre.

— Le pauvre quand même. Il va se faire planter comme une vieille chaussette.

— Comme une vieille chaussette sale qu'il dépose toujours à côté du bac à linge.

— T'es vache. Ça ne te fait pas de pincement au cœur, à toi ?

— À moi, non. Parce que, moi, je ne suis plus amoureuse.

Ça y était. Lucie l'avait formulé. C'était la première fois, pas qu'elle le ressentait, mais qu'elle le disait. Elle n'en fut pas bouleversée, perturbée ni même soulagée. Elle avait dit ça comme une évidence. D'Ailleurs, cela n'alerta pas non plus Mathilde.

— Et tu crois que, moi, je le suis encore, c'est ça ?

— Oui. Arrête de réfléchir et laisse-le revenir. Tu lui as secoué les puces, soit il revient, soit c'est un con.

— Ouais, bah je vais attendre mais c'est pas gagné.

Mathilde regarda avec intérêt les photos de son amie qui planifiait sa nouvelle vie. Elle était émue, triste, heureuse et un peu envieuse. Elle aussi voulait voir le bout du tunnel.

embarquer par la nouvelle érotique sur laquelle il était tombé par hasard. Il fut émoustillé, sentit une érection puissante arriver, doucement mais sûrement, au fur et à mesure que les mots défilaient sur son écran, il sentait son sexe durcir. Il osa se toucher en se promettant qu'il ne dirait à personne qu'un jour il s'était branlé sur un livre, ou sur un texte, quoi. Si ça se savait, il lui suffirait de dire que c'était arrivé par hasard, qu'il avait lu, bandé, et avait joui dans son mouchoir comme toujours purement par hasard.

CHAPITRE INTERDIT NUMÉRO 9

Marco était tombé par hasard sur ce site. Si, si, par hasard. Il allait se coucher, seul, quand il avait tapé dans la barre de recherche de son téléphone : « Fille blonde sperme visage ». Totalement par hasard, donc. Il avait cliqué sur le premier lien, celui avec le petit mot « Annonce ». Il avait l'impression de participer à l'économie du Web comme ça, de se sentir utile. En quelque sorte. Il avait sorti le matos, s'attendant à regarder une vidéo rapide et efficace, à se sentir plus léger et à se coucher. Mais il avait beau scroller, aucune image n'apparaissait. Juste un long texte, un trop long texte qu'il survola des yeux à la recherche de la photo d'une jolie blonde aux sourcils trop épilés prête à s'animer sur l'écran pour son bon plaisir. Quelques mots lui sautèrent tout de même aux yeux, des mots qui éveillèrent sa curiosité. Jouir, dégouliner, sourire, joue collante. Il ne sut expliquer pourquoi mais il se sentit très excité tout à coup. Comme s'il était du genre à bander parce qu'on lui contait fleurette. Et pourtant… il se laissa

La nougatine, ça colle aux dents

— Les choux, c'est has been... Tout le monde attend la pièce montée... Si la pièce montée est bonne, le mariage est réussi... Mamie Huguette sera déçue sans ses choux... Les macarons sont passés de mode, non ? Et les cupcakes ? Est-ce que c'est digeste, la pâte à sucre ?

Mathieu n'était pas le client le plus facile que Margaux ait rencontré. Bon sang, ce qu'il était pointilleux et hésitant. Il avait pourtant poussé la porte comme un client rapide et efficace, le B2. Margaux et Géraldine avaient rangé tous les clients de l'année dans des cases. Il y avait la C4, l'alcoolique pervers qui avait essayé d'abuser de Margaux mais qui était tombé mort saoul devant le comptoir avant même de baisser complètement sa braguette. La case préférée de Géraldine était la D8, Mlle Hortense, future Mme Musso, qui était entrée dans la boutique de gâteaux de mariage, excitée comme une puce. Il ne lui restait plus que le gâteau à caler. Elle avait passé des semaines à rencontrer des groupes de musique, à essayer presque deux cents robes, à peu près autant d'alliances, et à choisir la salle parfaite pour sa prochaine union. Elle avait sélectionné un gâteau sur trois étages, blanc et rose pâle avec un décor fleuri et surtout avec de la dentelle fine réalisée en pâte à sucre. La dentelle devait être extrêmement fine, elle y tenait. Géraldine avait imprimé le bon de commande et s'apprêtait à expliquer à Mlle Hortense la marche à suivre pour finaliser le processus quand la future Mme Musso leur avait précisé qu'elle les tiendrait rapidement au courant de la réponse de Guillaume Musso à son imminente demande en mariage.

Mathieu, lui, était un classique et triste B2. Mais les deux vendeuses étaient très professionnelles et mirent donc toute leur énergie à la disposition de ce touchant futur marié qui, si elles avaient bien compris, tenait à préparer en détail le mariage avant de passer à la formalité de la demande. Il voulait un gâteau beau et bon, classique mais original pour plaire à tout le monde. Il ne voulait pas décevoir mamie Huguette (qui paierait une partie du mariage) mais il voulait aussi surprendre sa douce.

— Du chocolat, c'est trop lourd, non ?

— Tout est une question de goût, Monsieur.

— Oui, mais, je veux dire, certaines personnes pourraient ne pas avoir envie de chocolat après un cocktail et un repas…

— On ne peut pas plaire à tout le monde, vous savez.

— Si, on peut !

Mathieu avait légèrement haussé le ton. Margaux s'était recroquevillée. Il faut dire que ça commençait toujours comme ça avec son père, quelques décibels de gagnés puis quelques torgnoles de subies. Mathieu remarqua le regard presque apeuré de la jeune fille et se demanda qui des deux réagissait avec excès.

— Veuillez m'excuser, je ne voulais pas vous faire peur. Je crois que je me mets trop de pression. C'est dur de tout choisir seul, j'ai tellement peur de décevoir Lola. Elle tombe toujours dans le mille, elle.

Si, à cet instant précis, Mathieu avait vraiment pris le temps de détailler les choses, s'il avait analysé les sorties et week-end surprise organisés par Lola, il se serait rendu compte qu'elle n'avait jamais été à l'initiative d'aucune de leurs activités. Il se mentait à lui-même.

— Faites au mieux et elle sera ravie. C'est très mignon de tout organiser comme ça et je suis sûre que ce sera génial sinon parfait.

— Merci, vous êtes gentille.

— Je vous propose un gâteau à trois étages, un étage de génoise classique à la confiture de mirabelles, un second de mousse prise au chocolat noir et éclats de chocolat blanc et le dernier composé d'un bavarois de fruits rouges. Comme ça, au niveau gustatif, tout le monde sera comblé.

— Ce n'est pas bête. Mais les choux ? N'oublions pas mamie Huguette…

— Nous pouvons toujours faire une grande pièce montée avec les trois étages précédemment cités et une mini-pièce montée avec des choux on ne peut plus classiques. Qu'en pensez-vous ?

— Oui, oui c'est une option.

À cet instant, Margaux aurait payé pour avoir un oui franc, ferme et définitif qui aurait mis fin à ces tergiversations dont elle se lassait à la longue.

— Pour ce qui est du décor, je vous propose de la pâte à sucre très fine pour ne pas écœurer mamie Huguette.

Il s'était alors passé quelque chose d'extraordinaire, de phénoménal et de rare depuis quelques semaines. Mathieu avait ri.

— OK pour la pâte à sucre. J'ai surpris Lola qui lisait un article sur les gâteaux personnalisés avec de la pâte à sucre. Il me semble l'avoir vue sourire.

Le sourire de Lola…

— Parfait donc. Maintenant, je vais vous montrer quels décors nous proposons pour un gâteau à trois étages.

Mathieu observa avec attention les sculptures. Il détailla minutieusement les différents univers. Il s'attacha à se souvenir de la signification symbolique de chaque couleur. Pas de jaune, l'infidélité. Pourquoi pas le vert, l'espoir ? Mais pouvait-il vraiment espérer plus que se marier avec Lola ? Lola Rousseau. *Lola, ma femme.* Oh, ce qu'il était impatient de prononcer cette phrase : « Je vous présente Lola, ma femme. » C'était précisément ce moment-là qui créait chez lui un état d'excitation enthousiaste depuis quelque temps, plus encore que le jour réel de la demande ou même du mariage.

Il choisit un décor fleuri romantique et des couleurs douces. Lola aimerait. Mamie Huguette aurait son assiette de choux. Tout le monde allait être heureux. Il allait réussir son pari de tout organiser sans rien oublier. Il savait que Stéphanie était allergique au gluten, qu'Emmanuel ne mangeait plus de viande depuis quelques années et qu'Estelle ne digérait pas les plats en sauce. Ça y était, au moment précis du choix du décor du gâteau, il était enfin convaincu qu'il faisait les choses bien. Il planait sur un nuage d'autosatisfaction.

— Voulez-vous des figurines sur le gâteau ? Nous en avons des classiques et des rigolotes.

Devait-il demander des figurines sur le gâteau ? Lola se mettrait-elle en rogne s'il oubliait ce détail ? Regretterait-elle de ne pas avoir respecté la tradition ? Ou, au contraire, cela lui semblerait-il vieillot, dépassé voire dérangeant ? Ou, pire, penserait-elle qu'il avait laissé la créatrice mettre ces figurines par défaut, qu'il aurait pu ne pas se pencher sur la question ? Lui, il était curieux de voir ce qui se faisait. Et s'il optait pour l'humour, Lola ne trouverait-elle pas ça beauf ? Son château de cartes venait de s'écrouler. Il ne savait pas s'il devait choisir un couple de statuettes les représentant sur le gâteau qu'il avait mis une heure et quart à choisir. Passèrent alors devant ses yeux le visage parfaitement dessiné de Lola et le regard noir de mamie Huguette qui, il faut l'avouer, était extrêmement chiante. Il se demanda ensuite si Estelle digérerait la pâte à sucre, si celle-ci ne contenait pas de gélatine animale qui pourrait importuner

Emmanuel et ce qu'il pouvait bien prévoir comme dessert pour Stéphanie. Il se mit alors à pleurer. Il glissa à cet instant de la case B2 à la case A3. Le protocole était parfaitement défini et s'enclenchait dès la première larme versée. Géraldine courait dans l'arrière-boutique faire couler un café qu'elle apportait au pleureur avec un grand sourire. Pendant ce temps-là, Margaux installait ledit client dans un fauteuil confortable et lui servait une pâtisserie. Mathieu mangea sans broncher son cheesecake aux myrtilles et but son café sans protester. Pourtant, il détestait ça, mais là, il acceptait de se laisser guider comme un enfant.

— Reprenez vos esprits, Monsieur. L'organisation d'un mariage est un moment stressant. Il y aura forcément des couacs et quelques petites choses qui auront échappé à votre extrême vigilance mais tout sera effacé de votre esprit par le regard amoureux de votre moitié.

Géraldine était toujours fière de réciter sa phrase. Elle avait mis deux heures à la peaufiner. Elle l'avait tellement relue et depuis récitée qu'elle adoptait le ton parfait et ne se trompait jamais. Il faut dire que ça valait le coup, ça marchait ! Le client perdu retrouvait toujours le chemin de son esprit et cela faisait gagner un temps fou aux deux acolytes. Mathieu était cependant coriace. C'était un A3.2, celui qui se raisonnait un instant, arrêtait de pleurer, voire souriait quelques secondes mais se remettait à angoisser rapidement.

— Pour les figurines, je sais pas. J'en ai aucune idée. J'ai peur de vexer ma compagne et de décevoir toute la famille.

Margaux s'était longuement entraînée à ne pas rire face à ce genre de phrases. Après tout, que comprenait-elle au stress extrême que peut provoquer un détail en apparence insignifiant ? Elle n'était pas près d'organiser son mariage même si ses parents lui mettaient la pression pour qu'elle rencontre quelqu'un. Ce qu'ils ignoraient, c'est qu'elle avait quelqu'un, et pas n'importe qui. Elle était folle amoureuse, magiquement amoureuse. Claire la rendait heureuse. Mais comment annoncer à son père qui était capable de lui coller une tarte en pleine rue à 30 ans, parce qu'elle avait osé répondre au téléphone alors qu'il n'avait pas fini sa phrase, qu'elle était en couple avec une femme ?

— Je vous propose de préparer un bon de commande sans figurine pour l'instant. Ensuite, vous n'aurez qu'à demander à Lola ce qu'elle en pense et me rappeler pour me tenir informée.

Ce que Margaux ignorait à ce moment-là c'est que son père la surprendrait seulement quelques jours plus tard dans la rue, main dans la main avec Claire, que s'ensuivrait une période d'enfer personnel pour elles et que Mathieu, le B2 devenu A3, glisserait inexorablement prochainement en D1.

Un couple étalon

Lina était plus belle que d'habitude alors que plus naturelle. C'était peut-être simplement ça, l'explication. Sa beauté brute. Ses paupières étaient nues, pour une fois non charbonneuses. Un léger voile doré mettait en valeur un regard fatigué mais vrai. Les copines étaient à peine assises qu'elle commença à se confier. La pression de ses fesses sur la chaise en bois libéra les mots coincés dans sa gorge.

— Il est jockey.

— Ah tiens, je croyais que tu n'aimais pas les petits.

— Ah non, je déteste les petits ! Comment peut-on trouver viril un homme qui a la taille d'un enfant ? C'est insensé.

— Je ne te suis pas.

— Mais Mickaël n'est pas petit. Il est plutôt grand, même.

— Grand pour un jockey ?

— Non ! Grand tout court, enfin, grand, quoi. Tu m'embêtes. Il doit faire 1,80 mètre, à peu près.

— Ah oui, effectivement, ça va.

— Et tu sais quoi ? Il est monté comme un étalon.

— Tu crois que c'est pour ça qu'il aime les chevaux ?

— Peut-être qu'il a voulu faire cheval de course mais qu'on lui a répondu qu'il ne pouvait faire que jockey.

— T'es cruche, bon sang, conclut Lola.

— Et au fait, il est monté comment, Mathieu ?

— Lina !

— Oh ça va. Moi, je te raconte tout et toi, tu fais ta prude.

— Mais tu le connais et tu le côtoies en plus. Je détesterais que tu l'imagines nu.

— Madame est jalouse ? C'est nouveau, ça.

— Non, je ne suis pas jalouse. C'est par respect pour lui. Bref, on en était à parler de l'engin de ton étalon jockey, pas de celui de mon cher mec.

Lina rougit de bonheur. Elle eut une bouffée de joie. Ce qui ne lui arrivait que dans quelques circonstances bien précises : quand elle achetait des chaussures trop chères, quand elle sortait d'une séance de sport épuisante qui allait affiner un peu sa silhouette et quand elle signait un contrat juteux qui la faisait s'approcher un peu plus de la gloire qu'elle savait mériter. Son regard se maintint quelques instants dans le vide puis se posa de nouveau sur son amie.

— Il fait les cunis comme personne !

Les deux petites vieilles qui dégustaient leurs muffins fleur d'oranger pour l'une et essence de rose pour l'autre en parlant du dernier tournoi de bridge du quartier n'en crurent par leurs oreilles. Elles prirent un petit air choqué mais, discrètement, ne perdirent pas une miette de la suite de la conversation. Un « Ah » un peu gêné de Lola fut interprété par Lina comme un signe d'encouragement. La jolie brune plongea dans les détails.

— Il écarte délicatement mes lèvres et sait si bien durcir sa langue… c'est dingue et ça me rend dingue.

— Plus que d'habitude, tu veux dire ? À chaque fois que tu rencontres un mec, tu me dis que c'est le meilleur coup que tu aies jamais testé.

— Faux ! Tu te souviens du dernier ? Maxence, je crois. L'éjaculateur précoce au micro-pénis ?

— Ah oui, c'est vrai, ah, ah. Ça nous a occupées un moment, cette histoire.

— Mon Mickaël n'est ni éjaculateur précoce, ni maladroit. Il n'est pas coincé et est surtout bien équipé.

— Mon Mickaël ? Tu te l'appropries maintenant ?

— Arrête. Je ne suis pas du genre à tomber amoureuse, tu le sais bien.

Oui, Lina croyait qu'il existait un type de personnes qui tombaient amoureuses. Évidemment, elle n'en faisait pas partie. Dieu soit loué. Comme elle n'était pas le type de personne à se laisser entretenir ou encore le type de personne à vivre dans un pavillon de banlieue. Elle, elle gagnait sa vie, elle gérait son existence et sa peau respirait mieux couverte de la particule de pollution propre aux grandes villes. Elle était une femme indépendante, une femme de caractère et une citadine. Elle s'épanouissait dans la jungle urbaine et pensait avec un mélange de mépris et de pitié à ses anciennes copines qui se prétendaient heureuses en banlieue avec un mari gentil et travailleur. Elle, elle se sentait protégée par les immeubles immensément hauts. Elle ne se sentait jamais aussi vivante que quand elle observait, perchée sur ses talons aiguilles, les gratte-ciel new-yorkais.

— On en reparle dans six mois ?

— Oui, on en reparle dans six mois et dans deux ans, et dans dix, même !

— Quand tu pousseras un landau, que tu compareras les marques de couches et que tu auras du poil aux pattes ?

— Plutôt mourir !

— Mouais.

— On ne peut pas simplement parler de cul ?

— OK, si tu veux.

Et elles enchaînèrent. Des pieds à la tête, sans jamais l'avoir vu, Lola connaissait Mickaël. Elle savait que ses hanches étaient fines. Elle savait qu'il avait les jambes affûtées mais un peu arquées. Elle savait que son sexe partait vers la gauche. Elle connaissait sa pointure et la taille de ses chemises. Elle avait même eu le droit à une description détaillée de son odeur corporelle, une prédominance de jasmin avec un côté un peu terreux. Comme si elle avait, elle aussi, couché avec lui. D'ailleurs, aurait-elle refusé de s'envoyer en l'air avec cet homme si l'occasion s'était présentée ? Vraiment présentée ? Si Mickaël l'avait plaquée contre le mur, s'il l'avait attrapée par la taille, s'il avait doucement glissé ses lèvres charnues dans le creux de son cou, s'il avait entraîné ses mains de femme fidèle et innocente sur ses fesses rondes à lui… Aurait-elle pensé à Mathieu ?

Aurait-elle pensé à Mathieu comme au seul homme avec qui elle avait envie de coucher ou comme à un empêcheur de tourner en rond ? Aurait-elle eu envie de se laisser aller ? Se le serait-elle interdit ? L'image de Mathieu lui serait-elle apparue derrière l'épaule de Mickaël le sexy, Mickaël le magnifique ? Elle écouta un instant Lina seulement d'une oreille et se demanda si elle était fidèle par amour ou par manque d'occasions…

— Lola ?

— Oui.

— Je t'avais perdue ?

— Un peu je crois, je suis fatiguée.

— Je te demandais si tu aimais la sodomie.

— Lina !

— Oh ce que c'est pénible, ce filtre à la con que tu mets sur nos conversations !

— Mais qu'est-ce que ça peut te faire de savoir… ça ?

Lola se demanda alors pourquoi Mathieu et elle n'avaient jamais tenté l'expérience. À vrai dire, elle ne l'avait même jamais envisagée.

— C'Est vrai, dans le fond je m'en fiche, ce que j'aime, c'est te raconter MA vie sexuelle.

— Je n'ai pas besoin de lire de romans érotiques, au moins. Et ce, grâce à toi. Voyons le côté positif.

— Quand Mickaël m'a suivie, il bandait. Il me l'a dit après, bien sûr. Je suis allée jusqu'à mon appart. Sans me retourner. J'ai tapé le digicode assez lentement pour qu'il ait le temps de le retenir. Je sentais sa présence derrière moi, tout près. Je faisais durer le plaisir. Il a pris l'ascenseur en même temps que moi. Comme si de rien n'était. On est entrés, je nous ai servi un verre de rioja, j'ai allumé la télé et j'ai retiré mon t-shirt.

— Tu as mis quoi à la télé ?

— Un documentaire animalier.

— Il aurait pu flipper !

— C'est avec ce que j'ai fait après qu'il a flippé, oui…

— Lina ?

— Oui ?

— Je… bon, j'ai compris je crois.

— Tu veux pas que je te raconte, madame Pruprude ?

— Non merci, va.

Flûte de flûte ! se dirent les deux petites vieilles qui se concentraient pour garder leur air pincé mais qui ne loupaient pas un mot. Elles n'étaient jamais restées aussi longtemps au salon de thé gourmand de la rue Ernest-Joli. Elles mettaient même en péril leur ponctualité à la prochaine partie de bridge.

— Combien de fois, en une nuit ? demanda Lola.

— Six fois ! Six fois ! Tu te rends compte ? J'avais la chatte en feu !!

Lina avait crié. Tout le salon de thé était passé sur pause. Comme si la bouilloire avait arrêté momentanément de chauffer. Comme si la jeune serveuse avait soudainement arrêté la course de son plateau plein de douceurs. Comme si les petites vieilles avaient même cessé d'écouter et de faire semblant de parler de bridge. Un silence choqué flottait désormais dans l'air.

— Oups…

— T'exagères, bon sang ! Lina !

— C'est inadmissible, Mademoiselle ! Vous êtes vulgaire et trop peu discrète.

Mme Beronia et Mme Jimenez s'étaient levées en même temps, comme un seul homme ou plutôt comme une seule petite vieille, le pas lent et l'air pincé. La Beronia avait remonté ses lunettes en nacre sur l'arête de son nez. Elles avaient glissé sous le choc. Elles avaient payé en ne manquant pas de faire part de leur mécontentement à la jeune propriétaire du lieu. Jamais elles n'auraient avoué qu'elles filaient vite parce qu'elles avaient déjà raté le début du tournoi mais que, dans le fond, elles auraient aimé avoir plus de détails. La scène surréaliste dont elles avaient été témoins était bien plus marrante et sucrée que tous les épisodes des *Feux de l'amour* et de *Plus belle la vie* réunis. Lola, quant à elle, était rouge de honte. Et un peu de colère aussi. Ou bien était-ce d'envie ? Depuis combien de temps n'avait-elle pas été enthousiasmée de la sorte par un ébat amoureux ? La routine s'installe-t-elle aussi au lit sans qu'on l'y invite ? Elle se dit que Mathieu ferait à coup sûr exactement la même tête que la mère Beronia si elle se risquait à lui dire : « Mathieu, prends-moi par-derrière. Maintenant ! » Lina, elle, n'était pas gênée pour un sou. Elle avait ce côté sans gêne de la fille sûre d'elle qui était en train de tomber amoureuse. Même si ça n'était pas son genre et qu'elle n'était pas ce type de personne.

— On n'a jamais essayé.

— Quoi ?

— La sodomie. On n'a jamais essayé. On n'en a même jamais parlé. Mathieu a l'impression d'être le roi de la jungle quand il me prend en levrette.

— Pauvre Mathieu. C'est si sauvage, la levrette…

Lina se moquait gentiment de sa copine mais la plaignait silencieusement. Elle eut l'amère impression de voir sa confidente sombrer juste devant elle. Est-ce que c'était ça, se caser et faire un choix raisonnable ? Foutaises ! Il devait y avoir une autre solution.

CHAPITRE INTERDIT NUMÉRO 10

Mathieu adore la levrette, une fois, il avait eu envie de tirer les cheveux de Lola en la prenant comme ça mais il s’était repris. Il aimait ce qu’il avait avec elle, toute sa vie, leur complicité tendre, leur routine aussi. Il s’était dit qu’un geste déplacé de sa part casserait l’image que sa dulcinée avait de lui. Lui aussi il aimait bien l’image qu’elle avait de lui. Le mec raisonnable, bon amant mais pas trop demandeur, pas le lourd qui veut baiser tout le temps. Pourtant, avant elle, c’est ce qu’il était. Et c’est ce qu’il était toujours. Il avait de gros besoins mais il les avait étouffés dès le début, pour ne pas faire peur à Lola. Il avait tout de suite senti que c’était la bonne. Qu’elle cherchait le grand amour. Qu’elle était du genre plus attachée à la tendresse qu’aux barreaux du lit. Et depuis, il était parfaitement moulé dans son rôle. Une vie sexuelle classique à un rythme lambda. Il s’était même calqué sur les statistiques françaises pour ne pas sortir des clous. Et pourtant il l’aurait bien retournée plus souvent, son amoureuse. Il l’aurait bien prise en levrette plusieurs fois par semaine, il aurait adoré lui tirer les cheveux, lui griffer le dos en lui mettant de grands coups de reins, même lui claquer les fesses de temps en temps lui aurait fait plaisir. Lui faire l'amour doucement et une heure plus tard la baiser sauvagement ou, mieux encore, se laisser baiser sauvagement, mais il n'osait pas. Il s'était retrouvé enfermé dans son rôle. C'est comme quand, au début d'une relation, on a fait croire à l'autre qu'on adorait la tarte aux poireaux. Si on reste en couple des années, on en bouffe du poireau, et en souriant !

Le dénivelé

Comme tous les jeudis, Luc avait quitté son travail, guilleret. Même si, il fallait bien l'avouer, ce premier jeudi du mois d'août, ses pas étaient moins sautillants et son sourire, moins franc. Il ne saurait dire ce qui avait vraiment changé mais son parcours habituel lui sembla différent. Peut-être était-ce simplement son état d'esprit. Par exemple, il n'observa pas avec autant d'intérêt la vitrine du magasin d'objets rigolos. Si Luc avait pu se formuler les choses clairement, il se serait rendu compte qu'il avait glissé, pas beaucoup, pas jusqu'à chuter ou, pire, jusqu'à faire chuter Marthe de son piédestal, non, un léger dénivelé, un tout petit dénivelé, mais qui serait suffisant pour risquer de tout faire basculer. Il se ressaisit et tenta de se concentrer sur autre chose. N'importe quoi. Un porche en pierre dentelée. Une belle porte d'entrée en bois sculpté. Il voulait se rattraper à un détail, beau si possible. Mais une question le hantait depuis quelques jours. Il pensait que le simple fait d'être jeudi estomperait son malaise, que le simple fait de s'apprêter à voir Marthe suffirait à le rendre plus léger. Tiens, il avait pensé « Marthe » et non « Ma Marthe ». Le dénivelé…

Marthe s'était apprêtée, comme d'habitude, pour rejoindre son jeune amant. Il faisait chaud. Décidément, le temps les gâtait. Quoique, aujourd'hui, elle trouvait la chaleur presque pesante. Rouge serait la couleur de son après-midi de luxure. Sa longue robe cachait des genoux qu'elle ne supportait plus. Elle avait l'habitude de dire que les genoux et les bras ne mentent pas. Luc lui répondait toujours, le regard attendri : « Non, ma chère et tendre, ils me disent qui tu es et qui tu as été, et j'aime ça. » Son visage était encore lisse dans l'ensemble. Bien sûr, des rides s'y étaient installées avec les années. Soixante-deux exactement. Certaines étaient plus creusées, d'autres, à peine esquissées. Elle avait celles du lion, celles de la femme anxieuse et angoissée qu'elle avait toujours été. On dit qu'il faut actionner simultanément quarante-sept muscles pour froncer les sourcils, contre seulement treize pour sourire. Son visage lui rappelait qu'elle avait souvent fait un mauvais calcul. Luc affectionnait particulièrement les petites ridules qui fuyaient de ses yeux comme des rayons de soleil vers ses tempes. C'était poétique. Elles ne lui déplaisaient pas non plus, celles-là, elle avait l'impression qu'elles résumaient un peu sa vie de femme et de mère. Elle les considérait comme des sillons de larmes, de sourires, de grimaces pour amuser sa fille et de rictus étranges pour faire rire l'assemblée, ce qui, un temps, avait été sa spécialité. Longtemps, elle avait détesté son cou mais le regard si délicat et excité de Luc quand il posait ses yeux sur cette partie de son corps en susurrant : « Le cou de Marthe » avait effacé ses complexes.

Oh oui, Luc lui faisait du bien ! Sa jeunesse déteignait sur elle. Elle prenait dans ses bras une bouffée d'innocence, de naïveté et d'espoir. Elle se nourrissait de ses rêves de jeune homme, elle qui n'avait plus grand-chose à espérer de la vie. Son mari était gentil, attentionné, tendre et, dans le fond, elle l'aimait encore mais il avait vieilli, lui. Il était un homme de 65 ans un peu bedonnant. Il avait pris des habitudes en même temps que du poids. Il va être l'heure de dîner, tu comprends, après on digère mal si on mange trop tard. On ne va quand même pas aller à la plage juste après le déjeuner ? En avril, il faut rester couvert même s'il fait chaud ! Parfois, en l'écoutant, elle avait l'impression d'assister à une séance de récitation de proverbes ou, pire, d'entendre sa grand-mère. Et puis, surtout, il avait son âge et conscience de l'avoir. Il assumait totalement d'être un homme de 65 ans. Quand ils avaient acheté leur maison, dix ans auparavant, il avait dit : « Il faut bien la choisir parce que ce sera la dernière que nous achèterons », pareil pour la voiture. Marthe avait pleuré. Pas seulement parce que son mari était pragmatique autant qu'elle était rêveuse mais parce qu'il avait raison. Luc, lui, avait des projets. Ça lui faisait un bien fou de l'entendre parler de sa future entreprise, des voyages qu'il avait envie de faire, des lofts qu'il rêvait d'acheter… Elle s'évadait dans son monde plein de possibilités. Le problème, c'est qu'il la ramenait vite à la dangereuse réalité quand il précisait, tout heureux, que ces projets, il voulait les réaliser avec elle. *Comment peut-il sérieusement imaginer ma main fripée, plissée par les années, tenant tous les jours la sienne dans la rue, sur une plage de sable blanc ou dans un appartement miteux d'adolescent vieillissant ?* pensait Marthe.

Luc ressassa sa question. Ce n'était que la 3 243e fois en seulement quelques jours. Elle tournait dans sa tête sans cesse. Elle l'obsédait. Il avait l'impression d'être sous drogue dure et de voir des araignées lui courir dessus, noires, velues. Et puis, tout à coup, il pensa à autre chose. Il se demanda si Marthe l'avait vu au parc. Ce que Lolita était jolie ! Il se voyait déjà jouer avec elle, pousser la balançoire sur laquelle il l'aurait délicatement installée, lui apprendre les fleurs, les insectes… Mais, tout de suite, l'image dure du visage de Marthe lui apparaissait et il entendait l'entendait déjà, sur un ton sarcastique, lui dire, presque en riant : « Ah ça, tu t'entendrais bien avec elle, elle a presque ton âge. »

Devait-elle lui dire qu'elle l'avait vu au parc ? En tout cas, elle ne devrait jamais jamais jamais lui dire qu'elle en était tombée à la renverse. *Il ne doit pas connaître le potentiel pouvoir destructeur qu'il a sur moi. C'est moi la grande, c'est moi l'adulte, c'est moi qui commande. Fabrice l'a bien compris lui, difficilement, mais il a fini par le comprendre, il le fallait.*

Pour une fois, Luc n'était pas arrivé quand elle entra dans le hall de l'hôtel. Le réceptionniste l'en informa poliment. Elle bredouilla qu'il ne devrait pas tarder, qu'il devait sortir de réunion. Elle empoigna la clé dorée qu'elle n'avait jamais vraiment vue. Elle était froide. Un frisson lui parcourut le dos. Elle gravit doucement l'escalier de velours, entra dans la chambre 23 et attendit sur le lit. Comme une potiche qu'elle n'avait pas l'habitude d'être. Luc avait-il fait exprès d'être en retard pour inverser les rôles ? Quand la porte vitrée automatique de l'hôtel s'ouvrit pour le laisser passer, il aperçut le réceptionniste qui lui fit un simple signe de la main pour qu'il continue son chemin. Tiens, Marthe devait déjà être là. Il toqua à la porte de la chambre 23 et entendit une voix faible dire : « Entre, c'est ouvert. »

Marthe le trouva beau, séduisant, et eut, comme d'habitude, l'enivrante sensation d'être celle qu'il allait caresser et embrasser jusqu'à ce que plaisir s'ensuive. Elle se leva et alla vers lui. Ce fut la première fois. Normalement, il faisait le trajet vers elle, pas l'inverse. Il lui sourit, doucement. Son visage était encore si pur, si tendre. Tous les doutes de la femme qu'il serrait maintenant dans ses bras musclés s'évanouirent. Elle était bien, là, maintenant. Le corps passait, pendant ces longues minutes de luxure, bien avant l'esprit. Elle l'embrassait à pleine bouche, elle le caressait comme si sa vie en dépendait, elle attrapait à pleines mains ses jeunes fesses rebondies pour s'assurer qu'elle était contre ce jeune homme si sexy, nu. Et puis Luc prit les commandes. Il fit rouler leurs deux corps sur le côté. Il en avait la force, il en avait le désir. Marthe se retrouva à sa place, plus frêle que lui, longue, mince et dans l'attente. Il la caressa du bout du doigt, faisait durer le plaisir. Elle gémissait de plus en plus. D'Abord ce furent de petits sons à peine aigus, étouffés par la timidité, puis elle oublia tout et se laissa aller, franchement, audiblement. Le jeune homme, ravi, tendre et plus attentif que jamais, stoppait la course de ses doigts par instants, juste le temps de l'entendre ou de la sentir en réclamer encore. Et enfin, ils firent l'amour.

— J'ai adoré.

— Moi aussi.

— Merci mon tout doux.

— Si tu savais ce que j'aime quand tu m'appelles comme ça. Je ne m'en lasse pas.

Si Marthe avait un peu analysé leur ébat du jour elle se serait rendu compte que Luc, en ce jeudi après-midi du mois d'août, l'avait prise. Il ne lui avait pas simplement fait l'amour. Il avait joué à la rendre dépendante de ses caresses puis l'avait pénétrée vigoureusement, avec plus de force que d'habitude, avec plus de maîtrise de son corps à elle. Ce que Marthe ne sut jamais, c'est que Luc, lui, avait analysé leur corps-à-corps. Il avait eu envie, pour la première fois, de la dominer, presque de la baiser. Foutu dénivelé.

— Ça va le boulot en ce moment ? Tu t'en sors avec les vacances ? Ça doit être plus calme, non ?

— Oui, ça va. À peu près… J'ai plus de temps libre, je ne m'en plains pas. D'ailleurs, ce soir, j'ai réservé au Richelieu, tu sais le resto étoilé place du Monstre.

— Oui, oui, je connais, j'en ai eu de bons échos mais je n'y suis jamais allée.

— Je sais mon ange, c'est pour ça que j'ai réservé pour nous deux.

Dans le « Mon ange », Marthe sentit poindre le danger. Elle n'aurait pu l'expliquer. C'était perturbant.

— Au restaurant, toi et moi ? En ville ?

Le visage à la peau si claire de Luc s'était tout à coup teinté de rouge, d'un rouge vif, le rouge de la robe de Marthe. Il s'était rhabillé en silence, avait soigneusement déplié sa chemise et l'avait enfilée méthodiquement. Il avait lacé calmement ses chaussures et avait même pris le temps de remettre en place d'un geste sec le pli de son pantalon. Il n'émit pas un son, ne prononça pas un mot. Marthe resta nue sur le lit, figée. Elle se demanda ce qui allait se passer une fois qu'il aurait mis sa veste, dernier élément en sa possession encore présent dans la chambre, à moins qu'il ne la considère aussi, elle, de la sorte.

Il la plia et la balança nonchalamment sur son épaule gauche. Il était droitier. Marthe attendait toujours. Luc aurait pu dire : « Si tu ne viens pas ce soir, c'est fini entre nous », ou encore : « Viens ce soir, sinon… » Il aurait pu lancer une discussion salutaire, ils auraient fait un point sur leur relation et se seraient évité tout ce gâchis. Il aurait pu crier sa colère, l'insulter, pleurer dans ses bras, lui dire qu'il était éperdument amoureux d'elle, pas un peu, pas beaucoup mais à la folie. Le mot « folie » aurait fait tressaillir Marthe mais elle aurait pu lui parler, lui expliquer, remettre les choses à leur place, lui dire qu'elle penserait toujours à lui et qu'elle regretterait son corps, son regard et son sourire mais qu'il était temps qu'il vive sa vie d'homme.

Mais Luc avait simplement pris le chemin de la porte, paisiblement. Sa peau avait repris sa couleur naturelle et il avait remis son costume d'homme fort. Il n'était plus un homme nu à la merci du corps de sa dulcinée comme il l'avait été pendant des mois, ou était-ce des années ? Il s'apprêtait à quitter la chambre mais s'était retourné.

— J'ai la réponse à ma question, merci, au revoir.

Et il était parti. Marthe aurait pu se sentir soulagée et se dire que c'était fini. Ouf. Mais le regard de Luc ne signifiait pas : « J'abandonne », il voulait dire : « Je vais me battre, mais différemment, je suis plus malin que ce que tu penses, mon ange. » Marthe eut froid, puis peur et se mit à pleurer.

Normalement, Luc restait toujours quelques minutes seul dans la chambre 23 après le départ de Marthe. Il avait besoin de ce moment-là. C'était comme un sas de décompression entre la peau de Marthe et la réalité. Mais cette fois-ci, ça lui avait semblé inutile puisqu'il venait de décider que désormais la peau de Marthe serait sa réalité.

Mon imbécile de gendre

— Papi, regarde le soleil !

— Oui, ma chérie. Il joue à cache-cache avec les peupliers, constata Jean-Paul.

— À cache-cache, répéta Lolita en ricanant.

Rien de plus pur n'avait jamais atteint ses oreilles de vieil homme que le rire d'un enfant. Il se souvint du rire grassouillet de Lucie. Lolita, Lucie, deux rires différents pour un même effet.

Ce jour-là, il gardait sa petite-fille, seul. Une première. Tout le long de sa vie d'homme, presque toutes ses premières fois avaient eu lieu en août. Enfin, les premières fois significatives, bien sûr. Par exemple, il avait découvert l'amour charnel avec Marthe un 18 août. Il s'en souviendrait toujours. C'était le soir de leur mariage. Leur nuit de noces. Il était timide, elle était bien élevée, ils avaient suivi la tradition. Et puis, avant, ils s'étaient découverts, petit à petit et ça suffisait. Le sexe n'avait jamais occupé une grande place dans leur vie de couple. Même si Jean-Paul avait toujours adoré faire l'amour avec Marthe, ce qu'il préférait était la voir nue, naturellement nue. Elle se promenait souvent dans la maison simplement vêtue d'un t-shirt court. Ah, le corps de Marthe… Il avait souvent l'impression que le temps ne le marquait pas de son empreinte. Elle restait jeune, par endroits un peu ridée, mais fraîche. Comment faisait-elle ? Lui qui vieillissait pour de vrai ne comprenait pas le secret de son épouse. Après tout, il s'en fichait, il était heureux, vieux et heureux. Il n'avait jamais rechigné à prendre de l'âge parce que ça signifiait profiter de sa famille, de sa fille et de sa petite-fille. Il omettait volontairement de penser à son imbécile de gendre. Il fallait bien quand même qu'il y ait une ombre au tableau.

Lolita eut faim. Le papi souriant fila à la cuisine, la petite dans les bras.

« Surtout ne jamais la laisser seule, à part dans son lit pour la sieste, tu as compris hein, papa ? » Lucie avait semblé inquiète. En même temps, elle n'avait pas l'habitude qu'un homme s'occupe de sa fille. Imbécile de gendre. Même pas capable de rentrer dans la catégorie des hommes modernes. Jean-Paul avait regretté son manque d'implication dans les gestes courants de l'éducation de Lucie. À l'époque, ça ne se faisait pas, on ne fonctionnait pas comme ça. C'était pratique pour l'homme, mais en même temps, il se dit qu'il était peut-être passé à côté de quelque chose. Il lut attentivement, et trois fois, les instructions de garde.

— Lolita, ce midi ce sera purée et jambon. Puis, gruyère et compote.

Les menus d'enfant n'avaient pas changé, eux.

— Ouaiiiiis.

— On ne dit pas ouais, on dit oui.

Lolita se mit à bouder, vexée. *Ce qu'elle est susceptible, cette gosse.* Jean-Paul n'avait jamais vu ça. À part, peut-être, chez sa femme, sur quelques points épineux. Il pensa alors : *Les chiens ne font pas des chats.* C'est vrai qu'il parlait souvent en dictons et proverbes mais ce n'était pas de sa faute si, la plupart du temps, ça se vérifiait. Pourquoi s'enquiquiner à analyser les situations avec ses propres mots si quelqu'un a déjà rédigé une phrase résumant parfaitement la scène ? C'est du temps perdu et le temps, c'est de l'argent ! Lolita ne voulait pas cesser de bouder. Elle faillit se démettre le cou à s'obstiner à éviter son regard. Jean-Paul tenta tout, ou presque. Sauf la menace. Il n'était ni un père, ni un grand-père autoritaire. C'était Marthe, à la maison, qui portait la culotte, enfin, façon de parler puisqu'elle n'en mettait que peu souvent. Et puis, il repensa à une technique adoptée par Lucie, très efficace.

— Une fessée ou un câlin.

La gamine choisissait toujours le câlin et, ainsi, laissait de côté ses petites bouderies. Lolita se blottit contre Jean-Paul et lui dit :

— Papi, pourquoi il est gros, ton ventre, et pourquoi tes cheveux, ils sont blancs ?

Les enfants ont-ils déjà la notion de vengeance ? Jean-Paul lui répondit calmement que son ventre était gros parce que, depuis quelques années, il vivait pour manger et ne se contentait plus de manger pour vivre. Concept qui fut accueilli par la gamine par un regard plus que dubitatif. Ensuite, il lui dit que chaque fois que son adorable épouse, sa grand-mère donc, lui avait fait un bisou, il avait vu apparaître sur sa tête un cheveu blanc. Lolita trouva ça mignon, ou bien un peu magique, en tout cas, elle s'en contenta. Au moment même où la gamine plongeait sa cuillère dans sa purée, sa mère, à plusieurs centaines de kilomètres de là, venait de prononcer le tant attendu : « C'est là. Juste ici. »

Marthe et Lucie avaient pris le train tôt le matin même. Marthe ne savait pas où elles allaient et de toute façon, elle était un peu anesthésiée depuis sa dernière partie de jambes en l'air avec Luc. Elle avait l'impression de flotter et même parfois de marcher à côté de son corps. Elle enviait son ombre d'être dépourvue de cerveau. Pendant le trajet en train, Marthe écouta l'histoire de Lucie d'une oreille. Et pourtant ça semblait important, crucial, dingue. Au début, elle l'entendit déblatérer sur son imbécile de gendre. Elle apprit qu'en plus de ce dont elle était témoin, elle, il ne se lavait presque jamais, qu'il était tout le temps parti on ne savait trop où avec on ne savait trop qui et qu'il était adepte de pornographie sur Internet. Marthe, un autre jour, se serait offusquée. Ma fille avec ce type ? Jamais ! Mais, enfoncée dans son siège de TGV, elle pensa plutôt : *Est-ce que c'est pire d'être une femme adultère ? De risquer de rendre tout le monde malheureux ? D'être accro aux corps masculins, jeunes et nus ?*

Avant le regard et la menace de Luc, elle n'avait jamais culpabilisé. Elle rendait Jean-Paul heureux, elle était là pour sa famille, solide et souriante. Et si elle souriait, c'était grâce à ses relations sexuelles débridées avec de plus jeunes hommes. Voilà tout. Ils faisaient partie de son équilibre et donc de l'équilibre commun. Elle ne désertait pas et ne se refusait pas à Jean-Paul. Il n'en avait jamais pâti, au contraire. Même s'il n'en savait rien. Il avait besoin, lui, d'aller jouer au billard pour se détendre et décompresser. Chacun son exutoire. Marthe sortit tout à coup de ses pensées et tenta de résumer ce que Lucie cherchait à lui dire.

— Tu vas quitter Marco ? C'est ça que tu es en train de me dire ?

— Non. Ce que je te dis, c'est que je vais quitter Marco, mon travail et la ville.

— Quand tu changes, toi, tu changes.

— C'est bien résumé.

— Tu as rencontré quelqu'un d'autre au moins ?

— Au moins ?

— Bah oui, c'est une façon de parler. Tu ne pars pas pour rien et sans rien ?

— Si. Je pars pour une vie risquée. Je vais vivre avec Lolita à Lyon. Je vais monter un salon de thé et vivre seule sans un tocard chez moi.

Marthe pensa alors que Jean-Paul, à cet instant, aurait dit : « C'est la cabane qui tombe sur le chien. »

— Mais Lucie, tu as réfléchi à ce que tu faisais ?

— Bon écoute maman, je crève de malheur avec Marco. C'est un imbécile écervelé puant avec une petite bite.

— Lucie !

— Quoi ?

— Je te rappelle, ma chérie, que nous sommes dans le train et que nous ne sommes donc pas seules.

— Oui Marthe.

Lucie avait baissé la tête, comme quand elle était gamine et qu'elle se faisait rabrouer. Les gens autour n'avaient rien loupé.

— Donc, tu quittes un travail sûr, pas trop mal payé, pour lancer ta propre affaire dans une ville que tu ne connais pas ?

— Oui. C'est exactement ça.

— Tu es complètement folle.

Et formidablement courageuse, pensa alors Marthe. Mais elle n'en dit rien à sa fille de peur qu'elle lui demande si elle avait déjà eu envie de quitter Jean-Paul. Elle repensa alors à Fabrice, à sa peau caramel, à ses boucles blondes, à son sexe magique, à leurs étreintes fantastiques.

— Sois tu en es, sois tu en sors, conclut Lucie.

— On dirait ton père, Lucie ! Il aurait ajouté : « Impossible n'est pas français. »

Elles rirent. Un long rire franc et salvateur.

— J'ai peur pour toi. Tu peux le comprendre, ça ? Et puis, Lyon, c'est loin.

Marthe prit la main de sa fille, la caressa doucement et ajouta :

— Mais je suis si heureuse que tu largues mon imbécile de gendre.

— Ça, c'est dit !

— Tu sais qu'on a un peu d'argent de côté, ton père et moi. On t'aidera. Mais promets-moi un truc…

De l'aide. Lucie ne s'y attendait pas. Elle n'avait pas intégré cette possibilité dans son business-plan, mais pourquoi pas ? Il ne restait qu'à connaître la contrepartie désormais.

— Quoi ? demanda-t-elle.

— Si un jour tu vois vraiment que ça capote, ton truc, si tu vois que tout prend l'eau, dis-le-moi vite.

— Promis. Mais je vais y arriver. La banque me suit. J'ai le local et déjà une bonne liste de fournisseurs.

— Ah oui. Tu rigoles pas ! C'est déjà bien avancé. Bon, maintenant, raconte-moi tout.

Et Lucie lui relata rapidement les derniers épisodes de sa vie minable avec Marco, les différents paliers franchis sur l'échelle de la déception, les soirées, seule, les découvertes dégueus sur l'ordi commun, la routine barbante… Elle avait un air triste que Marthe ne lui avait jamais remarqué avant. Soit elle ne la regardait pas vraiment, trop obnubilée par sa petite vie, soit Lucie avait joué au caméléon des émotions jusque-là. Ensuite, elle eut l'impression que sa fille passa du noir et blanc à la couleur. Elle évoqua Lyon, la ville, son local, son projet. Elle parla recettes, mobilier, couleurs, noms de gâteaux, fournisseurs de thé… Elle se dit que sa petite chérie s'embarquait dans une vraie galère, que le secteur était concurrentiel, qu'elle prenait de gros risques, mais elle la voyait revivre et c'était le plus important. Monplaisir, 8e arrondissement lyonnais. Petit quartier bien à part, vivant, convivial. A son propre marché très agréable et ses commerçants qui semblent être éternels. Lieu emblématique de la création du cinéma par les frères Lumière. Dès qu'il fait beau, sur la place principale, les petits vieux jouent à la pétanque et les familles laissent courir leurs joyeux gones. C'est sur cette place que donne le local de Lucie. Car c'est signé. C'est le local de Lucie. En septembre, elle aura les clés de sa nouvelle vie, sans Marco, sans épices, enfin.

— C'est très mignon, lumineux, charmant. Ça a un fort potentiel et j'aime beaucoup le quartier.

— Oui, je serai heureuse ici. C'est décidé.

— C'est décidé, tu prends le local ?

— Oui, mais j'ai aussi décidé d'être heureuse, comme ça, un matin. J'envoie tout valser. Je me barre !

Elle avait presque crié.

— Tu comptes le lui dire quand, à Marco, tout ça ?

— Je ne lui dirai pas tout ça. Mon avocate m'indique que je suis simplement tenue de lui notifier où est sa fille, plus de détails ne sont pas nécessaires.

— Ton avocate ?

— Oui.

— Tu as fait les choses dans l'ordre. Tu as du sang-froid.

— Oui.

— Lucie ?

— Oui, Marthe.

— Je ne suis pas douée pour ça. Pour plein de choses d'ailleurs… mais je voulais te dire… je suis fière de toi.

— Merci… maman.

— Et… je suis fière d’être ta maman.

Marthe était atterrée. Tout quitter comme ça pour décider d’être heureuse. Évincer de sa vie tout ce qui freinait son bonheur, quitter un homme qu’on aime plus ou moins, un travail tout juste satisfaisant pour… rien. Dans un premier temps, elle aurait préféré que Lucie quitte Marco et le magasin pour un autre homme qui se serait occupé d’elle émotionnellement et financièrement. Mais ça aurait nuancé son courage. Elle allait assumer sa vie et son enfant seule, vraiment seule. De toute façon, Marco ne l’avait jamais vraiment aidée. C’est vrai, si on faisait le bilan du temps qu’il avait passé à participer à la vie de la maison, on constatait facilement qu’il n’était pas d’une grande utilité à Lucie. Alors bon… Par contre, elle savait que sa fille allait vivre des moments de galère, de doute, et de privation. Mais elle s’abstint de la prévenir. *Ce n’est pas la peine de formuler les petites misères avant, laissons-les arriver.*

Elle ne cessa de faire le parallèle entre le courage de Lucie et sa lâcheté à elle. Elle n’y pouvait rien. C’était comme un automatisme. Elle fermait les yeux et voyait danser Fabrice et virevolter Luc, les deux hommes ensemble qui lui rappelaient son travers, son défaut, son mensonge inscrit dans le temps, dans son couple, dans sa vie. Avant aujourd’hui, elle n’avait jamais pris conscience que, même si elle avait réussi à occulter à ses proches cette partie de son existence, elle faisait partie de leur histoire à tous. Si elle dressait un bilan de ses longues années de mariage, elle ne ferait pas comme tout le monde, elle ne se contenterait pas de cacher ce qu'on appelle communément un « simple coup de canif dans le contrat ». Tout ce qu'elle faisait, tout ce qu'elle taisait, c'était bien plus que ça. Elle trahissait. Elle avait mis le mot sur la chose. Elle était passée de mensonge à trahison. Luc, par son regard, avait infecté sa tête. Elle se répéta longuement : *Trahison, trahison, trahison, trahison* et elle tomba de nouveau dans les pommes.

— Marthe !! Oh non, ça recommence.

Lucie appela les pompiers. Ils arrivèrent vite sur la jolie place ensoleillée qui, Lucie l'espérait, serait témoin pour elle de meilleurs moments que celui-là ! Marthe recouvra rapidement ses esprits, comme au parc, elle déclina sans difficulté son identité et on lui dit qu'elle avait dû vivre un choc émotionnel qui l'avait fait tourner de l'œil. Le pompier qui l'avait prise en charge était grand, large d'épaules et avait des yeux bleus dans lesquels on avait envie de plonger et de barboter. Il souriait à Marthe et la draguait même un peu. Mais elle n'en avait que faire. Ce second malaise l'inquiétait. Et si elle était en train de devenir fragile ? Si elle était en train de devenir… vieille ?

Marthe fut cependant rapidement sur pied. Lucie la prit par la main et elles empruntèrent le métro, direction les quais de Rhône. Le soleil les apaisa. Elles burent un verre sur une péniche, profitèrent du temps mère-fille, de cette belle journée pleine de bonnes nouvelles malgré le malaise. Leur taxi les menait à la gare Part-Dieu quand, à Tours, Lolita se réveilla de la sieste.

— Maaaaaammmannnn !

— Salut ma douce. Maman n'est pas là. C'est papi.

— Ah…

— Quel enthousiasme ! Tu veux un yaourt ?

— Un darouttttttteee !!

Lolita ne mangea pas mais engloutit son yaourt. Elle était comme son père, pour ça. On lui mettait un truc sous le nez, on n'avait pas le temps de lui expliquer ce que c'était que c'était déjà avalé. La peur du manque. Elle avait dû vivre la guerre, dans une autre vie. Jean-Paul se rendit compte que la petite avait de la Danette dans les cheveux. Mais comment avait-elle fait son compte ? Devait-il lui donner un bain ? Ouh là là, ça se compliquait, là. Il relut plusieurs fois la feuille d'instructions de sa fille et aucune ligne ne parlait de bain. Il eut une idée géniale, une idée d'homme, une idée de papi.

— Lolita, est-ce que tu as chaud ?

— Oui.

— Alors, on va faire un truc.

— Un crute, répéta-t-elle, pensive.

— Papi va aller se mettre en maillot et toi, tu restes sagement dans ta chaise haute, d'accord ?

— Oui.

Il revint, en short de bain, la serviette sur l'épaule et le mini-maillot rouge et bleu à rayures de Lolita à la main. Impossible de dire qui des deux était le plus excité à l'idée de s'arroser au jet dans le jardin. Ils jouèrent comme des petits fous longtemps. Jusqu'à ce que le soleil commence à ne plus jouer à cache-cache avec les peupliers mais plutôt à descendre chercher un peu de repos vers la terre, jusqu'à ce que Lolita dise qu'elle commençait à avoir froid et jusqu'à ce que Jean-Paul sente une douleur se réveiller dans sa poitrine. Quand les femmes arrivèrent, le papi, exténué, regardait la télé. La petite était couchée et avait bien mangé. RAS, une belle journée. Et vous ?

— On a plein de choses à te raconter, papa.

— Oh là là. Vous me faites peur, les filles.

— Déjà, je quitte ton imbécile de gendre.

— Marthe ! Tu lui as dit qu'on l'appelait comme ça ! Tu exagères !

Marthe leva les yeux au ciel en souriant.

— Je m'en fiche, papa, c'est un con !

— Ah oui, OK. Et ça va ? Tu le vis comment ? Il le vit comment ?

— Moi, ça va. Je me sens libre, sereine et courageuse. Ça fait du bien. Par contre, pas de gaffes, Marco ne le sait pas encore.

— Ah… Qu'est-ce que tu attends ? Le pauvre…

— Tu le plains maintenant ? s'étonna Lucie.

— Non mais quand même… Il devrait savoir. Tu lui mens et c'est toujours dommageable.

Marthe cessa de sourire.

— J'attends le prêt de la banque.

— Tu achètes une maison ? Tu pourrais venir vivre ici, en attendant. Ce n'est peut-être pas la peine de faire un prêt. Il y a le studio en bas, tu serais indépendante. Et puis, Lolita serait là aussi… précisa-t-il avec un air de papi gaga.

— Je quitte aussi mon travail et la région.

— Hein ?

— Oui, je vais monter un salon de thé à Lyon. J'emmène Lolita et je quitte Marco.

Jean-Paul avait bien compris qu'elle laissait Marco. Elle aurait pu ne pas le répéter. Il n'était pas sourd. Mais Lucie, en disant ça, ne faisait pas qu'informer son père de sa décision, elle apprivoisait sa décision. Bientôt, elle serait prête à la crier sur les toits et à l'annoncer à son mari. Détail qui pourrait avoir son importance.

— C'est beaucoup pour mon petit cœur tout ça, Lucie.

Et Lucie rit en prenant son père affectueusement dans ses bras. Elle fit durer l'étreinte. Elle se sentit à la fois enfant dans les bras de son papa et adulte, si adulte, prête à créer enfin sa vraie vie. Prête à se rencontrer elle-même.

— Merci, papa, d'avoir gardé Lolita. Tu es un amour.

Jean-Paul observa sa fille, puis sa femme et se dit qu'elles étaient belles, sans se ressembler vraiment, chacune à sa façon, et puis il conclut la journée par un magnifique proverbe, un peu revisité :

— Si ma fille en avait, ce serait mon fils !

Pour que la demande soit parfaite

Un costume blanc. Un restaurant de poissons. Vue mer. Une bonne bouteille de vin, un blanc sec, comme elle aime. Un discours parfaitement récité, au bon moment, avec le bon ton. Et la bague. Un anneau simple et beau, comme elle. En attendant l'alliance. La bague de notre union. Pour la vie. *Ma vie avec Lola.* Mathieu désirait que tout glisse, que tout soit fluide et parfait. Il voulait, plus que tout au monde, que sa chérie se souvienne de sa demande comme d'un moment magique, pas comme d'un moment gâché par un quelconque détail lui rappelant qu'ils évoluaient dans la réalité. Un couple trop bruyant à la table d'à côté. Un vin bouchonné. Un serveur maladroit. Tout était source de danger. Tout pouvait perturber le bon déroulement de la scène. Au moins au cinéma, les acteurs sont protégés des imprévus. Ils sont sous les projecteurs, ils disent ce qu'ils ont à dire, font ce qu'ils ont à faire et tout se passe comme c'était écrit. Et si un assistant caméraman tombe avec la perche du son, on recommence.

Ça ne pourrait pas arriver pour la demande de Mathieu. Chaque seconde de cette soirée serait un instant du souvenir global. Il s'était mis une pression monstre. Et Lola qui détestait quand tout était prévu. Elle ne supportait pas les fêtes programmées parce qu'elle haïssait de faire semblant d'avoir envie de voir des gens, de discuter de tout et de rien et de suivre un plan de soirée qu'on aurait choisi pour elle. C'était une fille de l'improviste, du changement de plan et même parfois de soirée. Il se souvint que, peu après leur rencontre, ils avaient été invités à dîner chez un couple d'amis à elle. L'ambiance était pourrie, Lola, juste avant le fromage et « sa salade de jeunes pousses » fièrement annoncée par la maîtresse de maison (pas méchante mais très cruche), avait pris Mathieu par la main et ils étaient partis, comme ça.

— Ils me faisaient chier avec leurs histoires de famille.

Et si, le soir où, lui, avait réservé un restaurant étoilé vue mer, elle avait envie d'un kebab ? Comment ferait-il ? Non, c'était trop compliqué, décidément trop compliqué. Un bain. Il pensa que lui faire couler un bain pourrait la détendre. Il entrerait dans la salle de bains, tout penaud, tout timide, tout amoureux. Il lui tendrait la bague et lui dirait juste combien il l'aime. Ça, c'était bien. Ça sonnait juste. Mais peut-être trop simple. Et si elle pensait qu'il avait fait ça sur un coup de tête ? Que, d'un coup, en l'entendant chanter « Si maman si » de sa voix enivrante, le corps nu caressé par une mousse légère, il avait, comme les marins, été happé par le chant de la sirène et avait perdu la tête ? Il y avait bien la bague pour prouver que c'était anticipé mais rien que le fait de penser qu'elle pourrait croire un instant que ce n'était pas organisé au mieux pour elle le décevrait.

Pendant quelques jours, il s'était senti serein. L'avion. L'option parfaite était l'avion qui déroulait un message sur une banderole en tissu dans son sillon. Non, les melons n'étaient pas en promotion au supermarché du coin, non, la fête foraine de la ville voisine ne venait pas d'ouvrir, simplement un homme demandait à une femme de continuer à vivre avec lui tout le reste de sa vie. Il avait contacté une entreprise d'événementiel spécialisée. Il était sur le point d'accepter le devis lorsqu'il se souvint qu'un jour, sur la plage, Lola s'était insurgée contre ces avions à la con. Elle avait lu un article disant que la banderole déviait la trajectoire et que ça rendait la manip dangereuse pour le pilote qui, et c'était déjà arrivé, pouvait perdre le contrôle. *Merde.*

Il avait beau ressasser et se creuser les méninges, il ne perdit pas patience parce qu'il était maintenu par quelque chose de puissant et de précieux. Le visage de sa douce lui disant oui. Ça faisait des mois qu'il l'imaginait et l'image ne se modifiait pas. Elle avait toujours le même air et répondait toujours la même chose : « Oui mon cœur, oui. » Ça le gonflait de joie, de plaisir et de chaleur. Il se sentait la force de remuer ciel et terre pour trouver la mise en scène parfaite pour la demande et pour le mariage. Lola lui disant « Oui ». Un doux rêve bientôt réalité. Ce qui, pour certains couples, n'est qu'une formalité s'avère être un exercice périlleux et un moment crucial pour d'autres. Mathieu ne voulait pas demander à sa compagne depuis tant d'années de devenir sa femme entre le fromage et le dessert un dimanche midi lambda, il ne voulait pas non plus évoquer le mariage avec elle en remplissant sa feuille d'impôts et en argumentant que ça serait « financièrement intéressant et bien plus pratique » et il voulait encore moins se résigner à se marier pour que sa femme ait le même nom que leurs enfants, une fois nés. Non, il tenait à sa scénarisation. Il tenait à sa demande de princesse et à ce que les choses soient faites dans l'ordre.

Un bateau. Il allait louer un bateau ou une petite barque ! Il prévoirait un parcours sur la Loire sauvage que Lola aimait tant. Il se renseignerait sur la faune et la flore et lui apprendrait des tas de détails croustillants sur l'habitat des castors. Elle l'écouterait, admirative et fière. Ensuite, il sortirait une bouteille fraîche de vouvray et lui servirait une coupette. Là, elle saurait que quelque chose se tramait. Et il ferait sa demande. Son discours. Ils feraient même peut-être l'amour sur le bateau. Une première fois pour lui. Pour fêter ça. Il imaginait une balade fluviale magique et douce. Avec de la musique peut-être. Et s'il se mettait à pleuvoir ? Et s'il devait annuler la balade ou, pire, finir le trajet à bord, trempés et déjà presque malades ? Non, il ne fallait pas prendre de risque sur la météo en septembre.

Il lui restait un mois pour trouver, il allait réussir. Voir les cheveux blancs de Lola était un des buts de sa vie. Il était pressé de la voir vieillir. Il voulait tenir sa main fripée dans la sienne. Il désirait plus que tout savoir lire dans ses ridules, interpréter les marques de la vie, de leur vie, sur son corps de femme. Il saurait que cette vergeture correspondrait à sa première grossesse, à leur premier enfant. Il se souviendrait que cette cicatrice sur son mollet droit serait due à une coupure de coquillage sur la plage de La Palmyre, le week-end de ses 40 ans. Il adorait l'imaginer en train d'allaiter, et même en train de s'occuper de ses petits-enfants, plus vieille et plus sereine peut-être. Il se répétait souvent : « Les yeux de Lola aujourd'hui, les cheveux blancs de Lola demain. » En attendant demain, il serrait fort sa main et la regardait tendrement dès qu'il le pouvait. Et peu importait si elle lui demandait souvent : « Pourquoi tu me regardes avec tes yeux de merlan frit ? »

Il était quand même heureux comme un poisson dans l'eau. Lola en robe de mariée. Il était sûr qu'elle prendrait une robe crème pour envoyer valser la tradition ! Il s'imaginait déjà danser une valse endiablée, Lola devenue sa femme, Lola Rousseau dans ses bras, leurs regards purement heureux, tendrement observés par leurs familles et amis. Tout simplement.

CHAPITRE INTERDIT NUMÉRO 11

Une fois, Lina a décidé de passer vingt-quatre heures de « Ça ne compte pas ». Elle a imaginé, seule, que pendant vingt-quatre heures elle pouvait faire ce qu'elle voulait sans que ça ait d'impact sur sa vie. Il ne s'agissait pas de tuer quelqu'un et de croire naïvement que ça ne se retournerait pas contre elle, mais plutôt d'explorer des contrées sexuelles jusqu'alors inconnues.

Elle avait pris le train et cherché une proie qu'elle avait rapidement trouvée en la personne d'un homme d'une soixantaine d'années au charisme dingue. Il lisait seul dans un carré à quatre. Lina s'était postée en face de lui et avait fait glisser son pied emballeriné le long de la cheville de l'homme. Il avait décalé le sien et lui avait lancé un sourire gêné, poli, comme s'il avait commis la faute de la toucher par inadvertance. Elle lui avait rendu son sourire et avait réitéré son geste en le fixant du regard cette fois-ci. Puis, elle était partie à la recherche d'un endroit adéquat pour assouvir ce qu'elle souhaitait assouvir. Quelques minutes plus tard, elle avait le sexe de l'homme dans la bouche, à genoux dans la cabine des contrôleurs affairés à leur travail bien moins agréable que ce que vivait l'homme au roman. Elle avait retiré la verge agréablement grosse de sa bouche et lui avait dit : « Tu veux bien venir dans ma gorge ? J'aimerais te sentir couler en moi. » Il ne lui en avait fallu pas plus pour craquer.

Arrivée à destination, à Nice, elle avait loué une chambre d'hôtel et avait eu le bonheur de constater que le réceptionniste était très beau garçon. Elle avait réussi à le séduire et à le faire monter dans sa chambre. Quand elle avait sorti son sexe dur et prêt à l'emploi, elle avait réfléchi. Il lui restait quelques heures de « ça ne compte pas » et elle envisageait de cocher toutes les cases. Jaugeant la taille de l'engin, elle lui avait demandé s'il acceptait de la prendre par-derrière. Le jeune Spirou n'avait rien compris à ce qui se passait mais s'il pouvait aider… Lina avait pris son pied. La jouissance sans conséquences lui convenait parfaitement.

Le soir, elle avait poussé la porte d'un club libertin. Elle s'était sentie tout de suite à l'aise dans cette ambiance tamisée et entourée de corps à moitié nus partout. Elle avait observé longuement les peaux qui se mélangeaient et accepté l'invitation d'un couple de trentenaires souriants. Oui, elle voulait bien être leur jouet… Après tout, il lui restait quelques heures et selon ses propres règles, rien ne comptait.

La fulgurance de la boîte aux lettres

Mathieu s'était garé à sa place habituelle. Depuis qu'il était gosse, il aimait avoir des repères, même stupides. Ça le rassurait. C'étaient des balises sur le chemin de son quotidien. Il ne pouvait rien y faire, il avait toujours détesté que des changements lui soient imposés. Bien sûr, à plus de 30 ans, il n'était pas question de faire une crise parce qu'une voiture s'était garée sur l'emplacement qu'il affectionnait tout particulièrement quand il venait chercher quelqu'un à la gare. Ce n'était pas non plus maladif. Il avait, comme toujours, douze minutes d'avance.

Il eut donc le temps d'avancer tranquillement jusqu'au quai pour attendre ses hôtes du week-end. Tours étant une ville touristique, il leur arrivait souvent de recevoir des amis pour leur faire découvrir les châteaux et autres merveilles régionales. Pour Lina et Mickaël, il avait prévu un week-end culturel « mais pas que ! » comme le lui avait bien précisé Lola qui chapeautait de loin l'organisation. Lola avait simplement validé le plan du week-end proposé par son amoureux. Il faut dire qu'elle n'avait ni le temps, ni l'envie de le faire. Elle perdait vite patience. Et puis, il faut avouer que son doudou était particulièrement doué pour ça. Il trouvait toujours le programme adapté aux invités ! Il savait dénicher la petite merveille qui les épaterait ou l'activité qui les enchanterait. Comme lorsqu'il l'emmenait, elle, en week-end.

Mathieu, en les voyant arriver sur le quai de la gare, se dit que Mickaël et Lina formaient un joli couple. Elle, toujours très belle et pomponnée et lui, plutôt bel homme, ne passait pas inaperçus. Mathieu avait d'ailleurs observé quelques jeunes filles se retourner et rougir sur leur passage. Regardaient-elles Mickaël avec envie ? Rêvaient-elles simplement d'être belles comme Lina ? Ou s'imaginaient-elles formant un couple aussi charmant quand elles seraient grandes ? Mickaël portait les valises. Lina ne voyageait pas léger et, bien sûr, trouvait normal de ne rien porter en arrivant. Sa valise de maquillage faisait la taille du sac de week-end complet de sa copine.

Mathieu ne pouvait pas s'empêcher de penser à Capucine lorsqu'il voyait Lina. Ce n'était qu'une image rapide qui passait devant ses yeux. Il ne pensait pas à elle avec nostalgie, regret ou désir mais il pensait à elle, de temps en temps. Mickaël engagea la conversation dans la voiture directement, ce qui mit à l'aise Mathieu. Les deux garçons parlèrent tout le trajet pendant que, derrière, Lina rectifiait son teint. Ils arrivèrent, tout sourire, dans la petite maison qui était devenue depuis quelques mois le foyer de Lola et Mathieu. Lina passa devant la boîte aux lettres blanche qui portait leurs deux noms collés et, pour la première fois, se projeta dans leur situation avec un petit sourire non maîtrisé.

Lorsque, quelques heures plus tard, elle se retrouva seule avec Lola, elle nomma ce moment « la fulgurance de la boîte aux lettres ». Lola avait préparé quelques gâteaux apéros et ouvert une bonne bouteille de vin. Un bourgueil connu, une valeur sûre. Rouge. Fort. Ils s'assirent dans le salon et un silence glacial envahit la pièce. Une sensation étrange habitait les deux jeunes femmes. Elles avaient tellement l'habitude de se voir seules qu'elles ne savaient plus quoi faire ou quoi dire. Mathieu, en général, ne restait pas longtemps. Il partageait un verre avec elles et les laissait critiquer les gens en terrasse ou ressasser leurs vieilles histoires. Mais là, pour la première fois, elles vivaient un week-end couples et c'était bizarre.

C'est Mickaël qui détendit l'atmosphère en racontant une histoire.

— Une femme s'ennuie avec son mari. Elle décide donc de prendre un amant. Elle vit dans le centre historique de la ville et son amant habite un quartier un peu plus modeste, de l'autre côté de l'unique pont de la cité. Pour traverser, elle prend toujours le bac puisqu'il est de notoriété publique qu'un tueur sévit sur le pont. Mais, un soir, elle s'aperçoit, horrifiée, qu'elle n'a pas assez d'argent sur elle pour payer le bac. Elle doit impérativement rentrer sinon son mari va lui passer un savon. Mais voilà, l'amant refuse de lui prêter de l'argent et le passeur refuse de la faire traverser si elle ne lui paye pas l'intégralité du ticket. Elle décide donc de traverser le pont. Comme prévu, elle se fait tuer.

Mathieu, Lola et Lina écoutèrent attentivement l'histoire sans réagir. Mickaël, un petit sourire coquin aux lèvres, demanda l'avis de l'assemblée.

— De qui est-ce la faute ?

Mathieu fut le premier à parler.

— C'est la faute du mari ! D'abord, il n'a qu'à faire en sorte que sa femme ne s'ennuie pas avec lui et n'aille pas voir ailleurs, et puis il a l'air de lui faire peur.

Lola sentit un frisson la parcourir. Son compagnon était vraiment quelqu'un de gentil et de doux. Le clin d'œil de son amie, émerveillée, ne fit que confirmer sa sensation.

— C'est la faute de la femme. C'est une salope !

Lina, comme à son habitude, fut moins clémente.

— Ben quoi, c'est vrai. Elle trompe son mari, et en plus avec un tocard. Elle décide de traverser malgré le danger. Elle a un souci avec les décisions qu'elle prend quand même, vous trouvez pas ?

Lola, face au silence ambiant récolté par les explications de Lina, décida de lui prêter main-forte.

— C'est pas faux… Mais, moi, je dis que l'amant n'est pas tout blanc non plus. Refuser de lui prêter un peu de monnaie en sachant qu'elle risque de se faire trucider… On sait que les hommes modernes ne raccompagnent plus les dames pour les empêcher de se faire suivre dans la rue mais quand même !

Mickaël avait regardé Lina avec des yeux de petit chien attendrissants. C'était mignon, c'était cucul, c'était presque écœurant.

— Je ne suis pas d'accord, Lina, quand tu dis que c'est la faute de la femme. C'est la victime. Tu ne peux pas, en plus, l'incriminer.

Mathieu semblait investi d'une mission. Il avait toujours défendu les femmes. Les filles, d'abord, à l'école. Il ne supportait pas qu'on s'en prenne à elles. D'ailleurs, il était souvent passé pour un « pédé » parce qu'il jouait avec elles. Et puis, un jour, Lola lui avait dit que c'était de la misogynie que de considérer les femmes comme des petits êtres sans défense. Mickaël, de son côté, ne disait rien et savourait l'effet de son histoire. Sa mère avait l'habitude de relancer les dîners de famille avec ce cas d'école. Cela faisait des années que cette histoire circulait chez lui et qu'elle déclenchait toutes sortes de réactions, des fous rires aux engueulades.

Sa tante Béatrice avait un jour conclu, toute fière d'elle, que tout venait du fait que la femme ne suçait pas. La grand-mère avait été horrifiée mais les autres avaient ri.

— C'est vrai, après tout. Si son mari ne la sort pas et ne la gâte pas c'est sans doute qu'elle ne suce pas. Et puis, si elle suçait, son amant lui aurait donné la pièce. Et, pour finir, si elle avait proposé une petite pipe au mec du bac, elle aurait pu prendre le bateau. Ma théorie tient la route.

L'oncle Hubert avait allègrement traité la victime de salope, pétasse et autres doux noms d'oiseau, à tel point que sa femme avait quitté la table en lui disant :

— Si j'avais dû te tromper à chaque fois que je me suis ennuyée avec toi, c'est moi que tu devrais insulter de la sorte.

Ça avait jeté un sacré froid et la grand-mère avait reproché une énième fois à la mère de Mickaël d'avoir injecté le poison dans leurs réunions de famille avec cette histoire sotte. Mickaël reprenait le flambeau. Il avait fini par être interpellé par Mathieu qui semblait lui demander du soutien face aux filles qui se liguaient contre lui.

— Et toi, t'en penses quoi, Mickaël ?

— Le tueur. C'est la faute du tueur mais personne n'y pense.

Ils étaient tous partis dans un fou rire et le week-end était resté sur le même ton.

Après le dîner, ce vendredi soir, les filles restèrent quelques minutes seules. Mathieu et Mickaël débarrassaient la table et faisaient la vaisselle. Des hommes attentionnés et modernes ! Les filles parlèrent de tout et de rien. Lina raconta que ses yeux avaient saigné dans le train.

— Ce que les gens s'habillent mal. Ils mélangent les couleurs, je ne te parle même pas des tissus.

— Bienvenue en province ma douce !

— Tu parles, c'est la même chose à Paris. Dès que tu sors des quartiers civilisés, c'est la débandade vestimentaire. Ça me désole. Au mieux, les filles pensent qu'avec une robe noire, elles sont élégantes. Mais ça ne suffit pas ! Et puis, c'est d'un triste sans accessoire coloré !

Mickaël passa la tête par la porte entrebâillée.

— Vous parlez encore de fringues, les filles ?

Le regard noir commun des deux copines le fit se reculer de quelques mètres de la porte en marmonnant dans sa barbe naissante :

— OK, je vous laisse tranquilles.

— Tu as vu cette petite barbe ?

— Oui, j'ai remarqué. Ça lui va bien.

— Ah, je suis contente que tu dises ça. Je lui ai simplement dit que je trouvais sexy les hommes avec de la barbe et il ne s'est plus rasé. Il est si chou.

— Lina ?

— Oui ?

— Si tu ne veux pas que je te trouve cucul ou que je te reparle de poussettes, arrête avec tes : « Il est si chou », « C'est vraiment un amour »...

— On ne peut rien te dire ! Bonne nuit, Lola.

— Bonne nuit.

Et pour une fois, elles n'avaient pas dormi ensemble en se faisant peur dans le noir avec les histoires sordides que pouvait leur raconter leur grand-mère pour les effrayer avant de dormir. Chacune avait rejoint son mec dans leur lit marital. Elles vieillissaient ! Le premier rayon de soleil qui réussit à percer la profonde grisaille tourangelle de ce samedi matin, 10 heures, surprit les deux couples en train de finir leur petit-déjeuner. Lina était déjà maquillée et habillée. Lola traînait en jogging large et sweat à capuche. Mathieu avait enfilé vite fait un jean et un t-shirt. Mickaël était en jean sombre, chemise pastel parfaitement repassée et chaussures décontractées mais élégantes qui faisaient leur petit effet. Le programme de Mathieu commençait à 11 heures pétantes.

Lola fila sous la douche pendant que Lina et Mickaël lisaient *Le Monde* sur leur tablette. Le ciel se dégagea bientôt tout à fait, laissant miroiter à sa guise la Loire pendant leur balade en voilier. Tout le monde fut ravi, enchanté… Mathieu se gorgea de plaisir en entendant des « merveilleux, magique, très sympa, particulièrement agréable »…. Il aimait faire plaisir. Lola, pendant la balade, se blottit dans ses bras et écouta les explications passionnantes du jeune navigateur. Lina et Mickaël restèrent silencieux. Ils profitaient du soleil et du décor en se tenant la main. Le restaurant choisi par Mathieu combla également leurs attentes. Il avait opté pour un endroit très atypique, une grotte troglodytique du XVe siècle qui proposait une cuisine à la fois régionale et chti. Un mélange original et plus que réussi. Ensuite, ils firent une pause à la maison. Sieste pour certains, lecture pour d'autres.

Lina et Mickaël firent l'amour. Discrètement mais intensément. Ils ne purent s'en empêcher. Lina ne cessait de murmurer : « C'est pas bien, ils pourraient nous entendre » mais Mickaël ne semblait pas perturbé par la situation. Il caressait le dos de Lina, enroulait son doigt autour de ses tétons déjà durs, lui soufflait des mots d'amour dans le cou… le cocktail parfait pour la faire craquer et lui faire oublier tout ce qui les entourait. Mathieu et Lola bouquinèrent dans le canapé, lui, assis, elle, la tête sur sa cuisse, tendrement installés. Et puis, ils repartirent en vadrouille.

— Ce soir, c'est guinguette ! annonça le maître de maison.

— Et samedi, c'est soirée Variétés. Lina, tu vas adorer ! ajouta Lola.

— J'ai peur, très peur ! répondit Lina.

— Ne t'inquiète pas, ma chérie. Les beaufs n'oseront pas t'approcher et ne pourront pas te contaminer.

— Moque-toi, moque-toi. On verra si t'es à l'aise avec une chemise à carreaux et un béret has been !

— Lina, tu exagères, intervint Mathieu, les carreaux ne sont que sur les nappes !

Et bingo, les tables de jardin étaient toutes couvertes de toiles cirées vichy. Les arbres étaient entourés de jolies guirlandes lumineuses et la piste de danse était saturée de petits vieux qui s'amusaient franchement sur des airs de variété. Mathieu commanda une friture de petits poissons, une assiette de fromage, une bouteille de chinon et une barquette de frites. La soirée fut douce et joyeuse. Tous dansèrent, sauf Lina, qui s'amusait à détailler les tenues de ceux qui passaient dans son champ de vision. Elle s'amusa des mélanges, rien ne la mit hors d'elle, elle était plutôt sereine. Et si l'air de la campagne l'apaisait ? Plutôt mourir que de l'avouer mais, quand même, elle se sentait bien.

Le dimanche, ils visitèrent un château qui avait été construit au-dessus de l'eau. C'était étrange et très joli. Chenonceau. Un bel endroit. Les garçons s'étaient trouvé des tas de points communs. Ils marchaient souvent devant, menant la danse. Lina et Lola purent donc trouver du temps pour continuer leurs discussions habituelles tout en profitant du fait d'être avec leurs chéris.

— C'était paaaaarrrfait ! Merci ma douce.

— Avec plaisir. Revenez quand vous voulez.

— Merci Mathieu, pour tout. Un vrai organisateur de vacances !

— Oh, n'exagère pas Lina. C'était sympa, c'est vrai.

— Au revoir. J'ai été ravie de passer un week-end avec vous. La prochaine fois, on se fait ça à Paris ?

— OK, noté ! Salut !

Et, dans le taxi qui les emmenait à la gare (Lina avait préféré ne pas imposer à Mathieu un autre aller-retour, il avait conduit tout le week-end, ça suffisait), Mickaël répéta à sa belle que ce serait bien que son amie et son chéri viennent passer un week-end à Paris. Ils pourraient à leur tour organiser deux jours sympas et leur faire voir les endroits qu'ils aimaient fréquenter ensemble.

— Oui, ça me ferait plaisir de remettre ça.

— Mais on a un problème.

— Quoi ?

— Si on veut les inviter chez nous, on a un problème.

— La place, tu veux dire ? On se débrouillera.

— Non, pas la place. Le fait qu'on n'ait pas de chez-nous.

— Ah.

— Tu vois où je veux en venir ?

— Je crois, oui.

Elle se concentra sur sa respiration.

— Lina… J'aimerais qu'on vive ensemble. J'en ai marre de me réveiller sans toi certains matins et je veux voir ton maquillage dans ma salle de bains.

— T'es sûr de ça ?

— On ne pourrait pas opérer un petit tri ? Un tout petit tri ?

— Non, *no way* !

Mickaël adorait quand Lina plaçait des mots en anglais. C'était snob et ça le faisait sourire. Ça faisait partie du personnage.

— Bon, bon, d'accord.

— Mais New York ? Tu sais que je vais devoir retourner à New York de temps en temps ?

— Oui, je sais. On fera avec. Mais au moins, quand tu seras à Paris, tu seras à moi tout le temps.

— Oui, je le veux !

Le chauffeur de taxi fut tiré de sa léthargie par ce « Oui je le veux ». Le jeune homme venait-il vraiment de demander la belle femme assise dans son taxi en mariage ? Oh là là, il tenait une histoire mignonne qu'il raconterait ce soir devant leur pizza à sa fille Daisy. Il faut dire que depuis qu'ils ne vivaient plus que tous les deux, les soirées étaient un peu tristes. La gamine serait attendrie par la demande en mariage dans le taxi de son papa !

— Excusez-moi.

Un « Oui » agacé surgit de la bouche de Lina.

— Vous venez vraiment d'accepter une demande en mariage dans mon taxi, Mademoiselle ?

— Mais vous êtes siphonné ! Moi, me marier ? Jamais ! Ça va pas, non ?

— Ah, excusez-moi, j'avais cru.

Le chauffeur de taxi fut très déçu. Pas pour le jeune homme dont, subitement, le visage se figea mais pour

Daisy. Mickaël fut étrangement sec avec Lina tout le reste de la soirée. Elle ne comprit pas trop pourquoi et se dit qu'il ne devait simplement pas avoir envie de retourner bosser le lendemain. Elle, elle était sur un petit nuage, elle planait ! Leurs noms allaient être sur la même boîte aux lettres…

— Très sympa, ce Mickaël.

Lola et Mathieu débriefferent à leur tour le week-end mouvementé qui venait de se terminer.

— Oui, très sympa. Ils vont bien ensemble.

— Comme nous, mon amour.

— Tu as été adorable de tout organiser. C'était top !

— Merci.

— On se fait un festival de restes. Ça te va ?

— Oui, très bien.

Mathieu, avant de quitter la pièce, embrassa Lola tendrement, comme d'habitude.

Un chouette week-end, décidément.

CHAPITRE INTERDIT NUMÉRO 12

Le fantasme de Mathieu

Mathieu adorait Lola. Ce n'était pas juste de l'amour, du respect et de la tendresse. C'était devenu de l'adoration. Pour la rendre la plus heureuse possible, il en avait oublié ses projets personnels et quelques-uns de ses désirs. Le corps de Lola, dans la réalité lui paraissait sacré mais dans son imagination, de temps en temps, il le souillait. Ça lui arrivait dans le bain. Comme si ce qui se passait dans son bain restait dans son bain. Une sorte de Vegas, mais à la maison. Il se plongeait dans l'eau très chaude. Son corps était saisi de chaleur et son esprit divaguait. Il imaginait Lola, nue à côté de lui dans l'eau. Elle lui souriait. Plus rien ne comptait. Aucun problème au travail, aucune dispute pour une lessive non étendue, pas d'histoires de famille qui ressurgissent, rien. Juste leurs deux corps nus, abandonnés l'un contre l'autre dans la vapeur de la salle de bains. Et c'est à cet instant que l'imagination de Mathieu devenait salace.

On toquait à la porte. Lola demandait s'il attendait quelqu'un, naturellement, comme si ça avait sonné à l'interphone de la maison. Il répondait que non, l'air étonné, mais allait ouvrir. Une jeune femme, cheveux noirs frisés en cascade sur des épaules bronzées, grands yeux clairs hésitant entre le bleu et le vert, sourire franc, attendait sur le seuil. Il la sommait d'entrer. Lola la voyait et disait : « Oh comme elle est belle », comme si, enfant, elle découvrait sa poupée d'anniversaire. La jeune femme fixait Lola du regard, baissait la tête et murmurait : « Merci. » Lola tapotait la surface de l'eau, pas pour jouer, mais pour signifier à la jeune femme qu'elle pouvait la rejoindre. Mathieu débarrassait le tabouret de leurs vêtements après avoir doucement retiré le peignoir de la grande brune prête à s'offrir à sa femme, à sa Lola.

Puis, il regardait, fasciné, les deux corps de femme se frôler puis se caresser. Il se perdait de bonheur dans l'image de la bouche de Lola embrassant l'inconnue, sur les lèvres, puis dans le cou. Lola gémissait tout en mordillant le lobe de sa partenaire. Il aimait les gémissements de Lola, tellement. Ils le rendaient fou. Quand il en était au spectacle des seins qui se frottent frénétiquement, des tétons qui se tendent et se mélangent, en général, il jouissait. Sur le moment, c'était bon, cette explosion lactée. Ça jaillissait tout seul. Ça le surprenait et le détendait. Puis, il en observait les résidus flottants et s'en voulait un peu de souiller l'image de sa Lola, sa princesse. Il se promettait de ne pas recommencer… jusqu'au prochain bain.

Le calme du mois d'août

Lucie se sentait soulagée d'avoir annoncé la nouvelle à ses parents et d'avoir leur soutien surtout, même si rien n'aurait pu l'arrêter. Avec eux, elle se sentait plus solide. Elle venait de dire à Marco qu'elle ne pouvait pas prendre de vacances en même temps que lui. C'était le premier mensonge. Un premier pas vers sa sortie. Elle n'avait aucune envie de passer toute la sainte journée avec lui, à le regarder traîner devant la télé en marcel. Et surtout, elle avait peur de ne pas tenir sa langue bien longtemps. Elle, la reine des gaffes, aurait forcément parlé, comme ça, sur un ton badin, de son futur salon de thé à Lyon, en oubliant que le type assis en face d'elle à table ne savait pas encore qu'elle s'apprêtait à le larguer.

Au magasin, c'était calme. Mathilde avait pris quelques jours de congé, par-ci, par-là, pour décompresser et aller voir son père en Normandie. Lucie accueillait les clientes avec plus de légèreté et de professionnalisme. Un regain de bonne conscience avant la lettre de démission. Elle prit enfin le temps de goûter toutes les épices. Jusque-là, c'était son travail, une corvée donc. Désormais, ça éveillait sa curiosité. Elle n'avait pas vu ses parents depuis l'annonce début août quand elle décida d'aller passer la soirée avec eux. Elle alla chercher Lolita à la crèche et lui annonça qu'elles allaient chez papi et Manoumi. La gamine sauta de joie dans son siège auto. Quelques kilomètres avant la maison familiale, elle accéléra mais repensa immédiatement à une des phrases fétiches de son père : « Vaut mieux arriver en retard plutôt qu'en corbillard. » Elle ralentit, malgré un vague pressentiment sans doute dû aux foutus malaises de sa mère. Elle repensa aux pompiers, et surtout au pompier lyonnais, et se surprit à fantasmer sur un autre homme. Plutôt bon signe.

Elle gara sa petite Ford blanche au bout de la longue allée, pour marcher un peu et surprendre ses parents qui n'attendaient pas leur venue. Elle observa quelques instants les peupliers et le parc de la propriété, verdoyant. Elle descendit Lolita du siège, prit la gamine par la main et elles avancèrent en sautillant en direction de la maison familiale, souriantes. Au bout de trente mètres, quand on passait un petit virage, on pouvait enfin apercevoir le corps de ferme retapé avec goût qui avait accueilli son enfance et ses espoirs de jeune fille. Sa vie avant Marco. Quand elle observa sa maison d'enfance, ce jour-là, elle ne se revit pas jouer aux dames des heures durant avec son père sur la grande table de ferme du salon, elle ne se souvint pas des fois où elle passait par la baie vitrée de sa chambre pour aller rêver en pleine nuit, lampe de poche à la main, sous son peuplier, non, elle ne vit que l'ambulance garée là, devant la maison, entourée de silence.

Par la force des choses

Marthe était assise à la table de la cuisine, seule. Le jour avait décliné et, volontairement, elle n'avait pas allumé la lumière. Lucie se dit que si elle était là, assise, c'était au moins qu'elle n'était pas évanouie ou dans le coma. Elle se sentit rassurée jusqu'à ce que sa mère lève ses yeux tristes vers elle et se mette à pleurer. L'avait-elle déjà vue pleurer ? Est-ce normal de n'avoir jamais vu pleurer sa mère ?

— Que se passe-t-il ?

— Mets Lolita dans son lit avec des jouets s'il te plaît et… reviens, la pria Marthe en s'essuyant discrètement les yeux.

Lucie ne courut pas, pour ne pas affoler la petite. Réflexe de mère. Elle ne sut pas comment elle réussit à garder son calme et à ne pas succomber à la panique. Ce silence. C'était écrasant, presque insoutenable. Elle embrassa Lolita. La petite ne la vit même pas quitter la chambre, elle jouait avec sa veilleuse qui changeait de couleur !

— Ton père. Son cœur s'est arrêté. Je suis rentrée du jardin, tu sais comme j'aime me promener dans le parc… Il avait envie de faire une petite sieste. Depuis son incident au cœur, il se fatigue plus vite, tu sais. J'aurais dû m'en inquiéter mais je…

— Marthe, ce n'est pas la peine.

— Je sais, je sais mais tu ne pourras pas m'en empêcher. Je suis remontée, j'avais fait le plein de soleil et j'en avais plein les pattes. Je suis rentrée dans la maison et j'ai guetté les bruits. Rien. Comme maintenant, le calme plat, un silence de mort, me suis-je dit. Il était dans le lit, allongé, inerte.

— Maman…

Depuis Lyon, Lucie avait envie de l'appeler maman. Elle s'était habituée au fur et à mesure des années à l'appeler par son prénom mais en ce moment leur relation devenait différente, par la force des choses.

— Oui, pardon, excuse-moi, c'est que… je suis perdue et fatiguée, si fatiguée.

— Marthe, j'ai besoin que tu…

— Ton père est mort.

Et les deux femmes laissèrent l'émotion les envahir, en chœur, droites, assises sur leur chaise dans cette cuisine qui avait enregistré tant de rires, tant d'engueulades aussi, de discussions politiques houleuses, de musique, mais jamais tant de peine. Au bout de quelques minutes, Lucie fut tirée de son état léthargique par un bruit venu de la chambre de Lolita. Elle se leva et dit à sa mère :

— Je vais la voir. Où est papa ?

— Dans notre chambre avec les pompiers. Ils sont gentils. Je ne sais pas quoi faire maintenant.

Marthe, en disant ça, ne pensait pas seulement à ce qu'elle pourrait bien faire du corps de son mari mais elle pensait aussi à ce qu'elle pourrait bien faire de son corps à elle. Elle ne s'imaginait pas manger de nouveau un jour. C'était ça, à ce moment-là, qui l'obsédait. Elle ne pourrait quand même pas de nouveau s'attabler autour d'un bon repas, seule ou avec des amis, et de nouveau empoigner une fourchette et un couteau pour déguster, comme si de rien n'était, un repas sans Jean-Paul. Ça lui paraissait insurmontable et inconcevable. De toute façon, elle n'avait pas faim, plutôt envie de vomir, mais pour ça, il aurait fallu qu'elle se lève et elle préféra rester assise, encore un peu.

Et si une inquiétude pouvait engendrer un événement ?

Il fallut annoncer à Lolita le décès de son grand-père. Lucie se dit que la façon la plus saine était sans doute la façon la plus simple. Pas de mensonge et des mots clairs.

— Lolita, ton papi est mort. Son cœur s'est arrêté de battre. Il est au ciel maintenant, ma chérie.

La petite fille parut réfléchir. À peine une minute. Lucie eut l'impression que ça dura une éternité. Que se passait-il dans le cerveau de sa fille ? On nous serine tellement que l'on peut traumatiser un enfant rien que par une phrase mal formulée.

— Papi, il est parti jouer à cache-cache avec les arbres, comme le soleil ?

— C'Est ça mon amour, exactement ça.

— Toi, tu es triste.

— Oui, je suis triste. Il va beaucoup me manquer.

Lolita semblait avoir compris et se remit à jouer en silence. Lucie se demanda tout à coup si ce n'était pas de sa faute. Si le fait d'avoir annoncé à son père qu'elle envoyait tout valser ne lui avait pas provoqué un choc. Un de ces chocs qui vous rattrapent, un de ces chocs qui créent les cancers, qui provoquent les arrêts cardiaques.

Une réponse inattendue

Marthe, ma Marthe.
Dans mon lit, seul le soir, je pense à toi comme à ma femme.
J'ai décidé de vivre avec toi et tu ne m'arrêteras pas dans mon projet. Je ferai ce qu'il faut. Si tu m'aides, si tu dis tout à ton mari, ce sera doux. Si tu refuses encore de quitter ta vie pour moi alors que tu m'aimes, ça, je le sais, ça se fera plus difficilement mais ça se fera, crois-moi.
Je le fais pour nous Marthe, pour que nous soyons heureux.
Dis-moi que jeudi, tu m'annonceras que tu auras tout dit à Jean-Paul et que notre bonheur deviendra officiel.
PS : Ce que Lolita est belle !

Marthe avait le sang glacé depuis qu'elle avait reçu ce SMS de Luc. Heureusement que Lucie était sur le chemin de la crèche avec Lolita sinon elle aurait lu le message en même temps qu'elle, sans doute. Marthe était tellement dans un état second depuis la mort de son mari que Lucie assumait tout. Et si la vérité éclatait maintenant, Lucie lui pardonnerait-elle ? Elle devrait faire le deuil de son père et de la mère qu'elle croyait connaître. Oh non, pas ça. Pourquoi parlait-il de Lolita ? Marthe fut tout à coup rassurée par le fait que Lucie s'apprêtait à quitter la ville avec la petite, on ne sait jamais. Les gens sont fous.

— Je ne viendrai pas jeudi. J'enterre mon mari.

C'était court, sec et tranchant. Peut-être que Luc aurait la décence de la laisser en paix un moment. N'y a-t-il pas une période légale de deuil à respecter ?

Luc, en envoyant le premier SMS, avait eu le cœur qui s'était emballé, les mains qui étaient devenues moites et collantes et une perle de sueur était même tombée sur l'écran de son smartphone. Il l'avait fait ! Le processus était lancé. Il prenait les rênes de sa vie. Il allait au bout de sa décision, le quotidien avec Marthe, avec son amour, avec sa femme. Le jeune homme, en sentant le téléphone vibrer sur la table si rapidement après l'envoi de son message, avait sursauté. Pourtant, il s'attendait à avoir une réponse, mais pas si vite. Que pouvait signifier cette rapidité ? Il vit s'afficher sur l'écran « Marthe : message ». Il se retint de l'ouvrir. Juste quelques instants. Comme pour se préparer. Si elle répondait aussi vite c'était soit qu'elle répondait : « Va te faire voir petit con », mais ce n'était pas le genre de la maison et puis il ne le supporterait pas, il sentait qu'il pouvait devenir mauvais et ça lui faisait même peur, parfois, soit qu'elle répondait : « C'est fait mon amour, à jeudi. » Un nom d'oiseau ou bien un mot d'amour ? En aucun cas il ne s'attendait à… ça. Martin sortait du boulot quand il reçut un appel de Luc. Il répondit.

— Mec, on a un truc à fêter ce soir.

— Ah bon, quoi ?

Martin se demanda un instant si son meilleur ami avait pu être au courant par quelque moyen que ce soit de son nouveau job et de la nouvelle vie qu'il s'évertuait à cacher.

— J'peux pas trop te dire au téléphone, ça va te paraître bizarre mais est-ce que t'es dispo ce soir ? Dis-moi que oui, allez, mec.

— Oui. À partir de 20 h 30. Mathilde est en Normandie chez son père.

— Cool. Je préfère qu'elle ne soit pas là. À 20 h 30 chez toi, j'apporte tout.

Et Luc débarqua avec du champagne, des petits fours surgelés, du foie gras et des Saint-Jacques.

— Que me vaut tout ceci, Luc ?

— Ce soir, c'est un enterrement joyeux !

Martin resta stoïque. Son meilleur ami avait toujours été un peu *strange* comme on dit, mais là… Il l'observa en train de décorer son appart avec des guirlandes en papier coloré, de sortir des chapeaux en carton et des confettis, d'ouvrir la première bouteille de champagne et de passer les Saint-Jacques au four.

— Merde, on doit laisser décongeler les toasts de foie gras deux heures… T'as du sifflard en attendant ?

— Ouais, au frigo, sers-toi Dingo.

Mais que se passait-il bon sang ?

— Le vioc est mort. Marthe est à moi !

— Qui est Marthe ?

— Alors, je te raconte. Ça fait des mois que je suis amoureux.

— C'est nouveau ça, tiens.

— Bon, tu m'écoutes ou tu commentes ?

— OK, vas-y, j't'écoute, mais je te préviens, j'ai l'impression de faire une soirée de filles, là.

Luc se retourna pour mieux observer les guirlandes et les confettis qui donnaient à l'appart de Martin une allure de fête d'anniversaire pour gamins. Il retira son chapeau en carton et commença son histoire.

— Je suis amoureux de Marthe mais elle est mariée. On se voit le jeudi après-midi, à l'hôtel. Elle est belle, drôle, cultivée. Je l'aime. Ça fait des mois que je me demande pourquoi on ne passe pas le cap, enfin, plutôt pourquoi elle ne dit rien à son mari. Elle voulait le ménager parce qu'il était malade du cœur et là, elle l'a quitté !

— Elle l'a quitté ou bien il est mort ? Je comprends plus rien.

— Il est mort, mais c'est pareil, non ? Veuve ou divorcée, elle est libre de refaire sa vie… avec moi. Tadam !

Et il tendit son verre à son pote qui se demanda quand même si ça ne portait pas malheur de célébrer un enterrement joyeux. Le pauvre mari trépassé n'avait rien demandé à personne, après tout. C'était Luc qui baisait sa femme, pas l'inverse.

— Elle a quel âge ?

— Soixante-deux ans.

En disant ça, Luc n'avait pas paru gêné. Il avait toujours eu peur d'en parler à Martin parce qu'il appréhendait de baisser la tête en disant : « Soixante-deux ans », comme s'il avouait une faille. Mais pas là. Là, depuis la mort de Jean-Paul, il se sentait pousser des ailes.

— Comme ma mère, quoi, commenta Martin.

— Martin !

— Bah quoi. C'est vrai… Tu t'es tapé ma mère ?

— Mais t'es un grand malade !

— Bah j'en sais rien moi, comme tu tapes dans de la vieille, je me demande juste.

— Elle n'est pas vieille, elle est douce, belle, fine, mince, jolie, tendre et magnifique.

— Je confirme, t'es amoureux. Bon, moi, je n'ai rien contre personne alors, si t'es *in love* mec, tant mieux. Mais je crois que tu te méprends un peu. Si ça s'trouve, la mort de son mari va compliquer les choses.

— Hein ?

— Peut-être qu'elle va être si triste qu'elle va avoir l'impression d'être encore amoureuse de lui. Ou peut-être pas. Mais sans doute que tu vas passer un moment sans la revoir. Avec l'enterrement, la famille, le deuil, les gens qui sont tout le temps chez toi pour pas que tu sois seul avec ton chagrin, bla-bla-bla…

— Ah ouais, merde.

— Et puis, tu la vois, trois jours après l'enterrement de son mari, dire à ses enfants, à leurs amis, à sa famille : « Bon, maintenant que Duchmole est mort, je vais enfin pouvoir vous présenter mon jeune amant fougueux de trente ans de moins que moi. Je gagne au change, n'est-ce pas » ?

— J'y avais pas pensé. Tu fais chier, Martin !

— Comme si c'était de ma faute ! Ressers-moi du champagne, j'ai soif avec tes conneries. Nan, mais, j'te jure.

Les deux potes picolèrent tranquillement, presque en silence. C'était quand même un enterrement.

— Et dis-moi Luc, tu ne veux pas d'enfants ?

— Si, mais avant tout, je veux Marthe alors je dois faire un choix, c'est comme ça. Je ne sais pas comment ça évoluera. Peut-être que je le regretterai.

— C'est dommage. Tu aurais été un bon père, mon pote.

Luc était trop focalisé sur son histoire personnelle pour lire entre les lignes et sentir dans la voix de son meilleur ami une douce envie de paternité. Martin se dit que Luc serait un bon parrain. *Vivement que tout ça évolue.*

— Quand tu disais un bout de temps avant que ça se décante avec Marthe, tu pensais à… combien de temps ?

— Je sais pas, moi, au moins deux mois.

— Mais non !

— T'es pas à deux mois près. Et puis, tiens, en attendant, cherchez-vous une maison à louer à deux, ça t'occupera.

— Mouais.

Et c'est que Luc fit, pratiquement jour et nuit. Il chercha partout, dans toute la France et même en Polynésie.

Quitte à refaire sa vie autant choisir un bel endroit. En attendant, ça le fit patienter quelques semaines. Il était à ce projet, l'esprit occupé. Il ne pensait à rien d'autre. En tout cas, plus à menacer Marthe ou même Lolita. Martin avait vraiment eu une chouette idée. Qui sait ce qui se serait passé sinon…

Une ombre

Parmi les gens venus en nombre la soutenir dans cette épreuve, Marthe eut l'impression de voir passer une ombre. Ça ne ressemblait pas vraiment à une menace concrète. Elle n'imaginait pas une seconde Luc prendre la parole à l'enterrement et tout révéler de leur relation cachée et des goûts intimes de la femme du défunt. Aujourd'hui, elle n'était pas une mère de famille, pas une femme mariée, pas même une femme adultère, elle était une femme de défunt, une veuve. S'habituerait-elle à ce nouveau terme qui ferait désormais partie de sa dénomination publique ? Marthe, veuve Pilon. En tout cas, elle le sentait, elle ne s'habituerait jamais aux regards de pitié et aux phrases de soutien toutes faites. *Vivement que les gens passent à autre chose !* Elle n'avait jamais été la victime, même quand elle aurait pu être considérée de la sorte. Quand la vie lui avait donné des coups secs derrière la nuque, quand elle aurait pu s'écrouler, elle avait toujours pensé : *Je serai déclarée victime seulement le jour où l'on retrouvera mon corps ensanglanté entre deux poubelles dans une impasse glauque, pas avant.*

Mais qui pourrait bien lui assener un coup de couteau meurtrier ? Depuis quelques semaines, un léger doute planait. Oh, elle n'était pas persuadée que Luc serait capable de la tuer pour la posséder pour toujours, sinon elle aurait anticipé, mais lorsque la menace n'était pas franche, comment faire ? Ce n'était qu'un ressenti qui s'évaporait dès qu'elle était dans ses bras. Une ombre. En ce triste jour, sa famille, ses amis, sa fille et sa petite-fille étaient là pour lui tenir la main, pour lui taper dans le dos, pour lui sourire, pour lui débiter des banalités, pour lui proposer hébergement, soutien et même plats préparés. Mais où était Jean-Paul ? Elle le chercha un instant des yeux puis se rendit compte de la folie de son attente. Elle se dit que les croyants et les imbéciles heureux avaient bien de la chance. Les uns comme les autres ne prenaient pas conscience de la mort, de la fin, du point de non-retour, du manque à s'en étouffer. Les premiers pensaient que l'autre était encore là comme une présence bienveillante. Les seconds n'avaient pas de notion du temps et s'attendaient toujours à ce que l'être perdu revienne de la boulangerie, les bras chargés de viennoiseries et le sourire aux lèvres.

Elle, elle ne pouvait se rattraper à aucune branche. Jean-Paul avait entamé la descente au sous-sol, son corps commençait déjà à pourrir, son mari adoré ne serait bientôt qu'un tas d'os dans une boîte sous de la terre moisie. Comme il l'aurait dit lui-même : « Je mange les pissenlits par la racine. » Son Jean-Paul, l'amour de sa vie. Elle ne se mentait pas en résumant les choses comme ça. Oh, elle l'avait trompé, elle avait entretenu des relations physiques avec de jeunes hommes en pleine forme et frais. Mais son cœur lui appartenait à lui. D'aussi loin qu'elle se souvienne, il lui avait appartenu. Pas une seconde elle n'avait pensé à le quitter. Pas une minute elle n'avait envisagé son quotidien sans lui.

— Il était un mari merveilleux, un père solide, un homme drôle. Il allégeait notre quotidien par sa présence. Je pourrais pendant de longues minutes le décrire, citer ses défauts et ses qualités et parler du vide qu'il va laisser dans ma vie mais parler de lui à l'imparfait me fait trop mal. Merci à vous d'être là avec moi en ce jour atroce. Au revoir mon amour.

Elle était belle. En bleu turquoise. Non, elle ne couvrirait pas de noir sa vie à partir d'aujourd'hui. C'était la robe préférée de son mari. En la mettant la fois précédente, en laissant s'engouffrer le vent de la mer dans les pans de cette longue robe, elle n'avait pas pensé : « Tiens, ce sera celle que je mettrai à l'enterrement de Jean-Paul, l'homme qui se tient juste derrière moi, celui qui me suit du regard et qui, dans un instant, va accélérer le pas pour attraper ma main. » Ils avaient dîné dans un superbe restaurant. De longues nappes blanches, des plateaux de fruits de mer à en faire pâlir les pêcheurs. Des sourires. Jean-Paul. Merde ! Il avait l'air en pleine forme. Il était fringant, enthousiaste, bon vivant, vivant. Pendant le discours, les yeux clairs de Marthe étaient baignés de nostalgie et il s'en dégageait une intensité troublante et insaisissable. Des frissons parcoururent l'assemblée. Les petites mamies relevèrent la tête de leur mouchoir, les reniflements restèrent en suspens, Lolita cessa de tripoter le bouton de son gilet et observa sa grand-mère. Tous furent saisis d'une émotion violente et belle. Marthe se dit simplement, en descendant de l'estrade de l'église, que Jean-Paul l'aurait trouvé belle, à cet instant précis. Il l'aurait félicitée d'avoir eu le courage de parler devant tout le monde en ce moment difficile. Il lui aurait dit qu'il était fier d'elle, comme tous les jours de leur vie. C'était ce qui comptait le plus pour elle, à ce moment-là. Elle sourit. Puis l'ombre passa.

Luc était-il là ?

CHAPITRE INTERDIT NUMÉRO 13

Marthe se balançait, le regard dans le vide. Luc l'observait. Ses pieds nus, ses genoux osseux, ses cuisses tendres, le mouvement de son corps… ses deux bras sur les accoudoirs. Ce qu'elle était belle dans ce rocking-chair. Pensive. Luc s'attarda sur ses seins que l'on pouvait facilement deviner sous la chemise de nuit rose pâle. Comme deux pointes tendues vers lui. Le visage de Marthe. Le cou de Marthe. L'encolure, la peau de Marthe. Luc sentit son sexe s'animer. *Moitié du chemin parcourue*, pensa-t-il. Il devina le ventre de Marthe derrière le rose du tissu et le marron de la corde qui encerclait la taille de Marthe et ses poignets. Marthe, ligotée dans son rocking-chair, comme ça, juste comme ça, excita Luc. Il avait bien fait d'investir dans le rotin. Il éclata de rire. Ce qui le réveilla. Il se retrouva seul, dans son lit. Son nouveau fauteuil à bascule en face de lui, vide, n'ayant jamais accueilli autre chose que ses fantasmes tordus.

Menteur comme un soutien-gorge

Dernier week-end d'août. Une chaleur à crever. Très peu de clientes. Mathilde se trouvait seule, en sueur dans le magasin d'épices. Elle entendait bien quelques oiseaux gazouiller gaiement mais leur chant semblait lui aussi étouffé par l'atmosphère pesante. Dans son fauteuil, elle buvait un thé japonais glacé et subitement les oiseaux se turent. Elle écouta le silence. Les produits étaient rangés, le ménage était fait, la caisse, déjà même comptée. Elle espérait que les deux dernières heures de la journée ne lui amèneraient personne et qu'elle pourrait lutter, tranquille, contre les trente-cinq degrés auxquels son corps n'était pas habitué. Lorsque, tout à coup, une camionnette s'arrêta sur le parking. Les graviers volèrent. Un autre jour, Mathilde se serait levée d'un seul geste pour aller houspiller ce client sans gêne. Mais voilà, là, elle avait chaud et Lucie était partie. Depuis que sa collègue était lyonnaise, Mathilde se sentait trop seule. Elle avait du mal à s'extirper du lit le matin et ne parlait plus beaucoup. « Ça sent le sapin, Mathilde. Tu nous commences une déprime », avait résumé sa mère qui avait toujours le don pour lui formuler les problèmes sans aller jusqu'à chercher des solutions. Elle en avait bien conscience. Elle n'était pas folle, juste un peu triste en ce moment. Et si seule…

Pourtant, Martin était là tous les week-ends et rentrait tous les soirs depuis quelques semaines mais elle n'était tellement pas habituée à l'avoir à ses côtés en août qu'elle avait quand même l'impression d'être abandonnée. C'était une sensation très étrange. Comme si elle devait se réhabituer à sa présence pour en profiter pleinement. Et puis, elle ne savait toujours pas quel serait leur avenir. Bref. En entendant les pas remonter l'allée du magasin, elle se leva et afficha son plus beau sourire de circonstance. Elle n'avait plus que son job et n'était pas prête à se lancer dans autre chose. Étienne, son patron spécial, souriait à une grande blonde au corps parfaitement sculpté. Elle portait un tailleur rose clair, une jupe courte et une chemise en soie légèrement transparente qui couvrait un soutien-gorge pigeonnant en dentelle sensuellement suggéré. Des talons aiguilles immenses intensifiaient la longueur déjà affolante de ses fines jambes bronzées. Son visage, parfaitement symétrique, affichait un grand sourire. Bien sûr, ses dents étaient on ne peut plus blanches et ses cheveux longs et brillants, réunis en une tresse bloquée par un petit chouchou beige poudré. Si l'on avait pris le temps d'entrer dans la tête de Mathilde à ce moment précis on aurait capté les réflexions suivantes :

Chez le toiletteur de la rue Jean-Monnet, à côté de chez moi, les caniches aussi ont des nœuds-nœuds sur la tête.

Lucie avait raison quand elle disait des hommes qu'ils sont menteurs comme un soutien-gorge.

Pourquoi M. Étienne n'est-il pas en vacances avec sa famille en août ou à une partie de golf avec les notables du coin ?

Mais qui c'est, celle-là ?!

— Bonjour Mathilde.

— Bonjour monsieur Étienne.

— Il n'y a pas foule aujourd'hui.

— Ah ça non, vous pouvez le dire.

— Je vous présente votre nouvelle collègue, Josiane.

Josiannnnnneeeee !! Dieu m'aurait donc vengée ? Comment peut-on être si canon et s'appeler... Josiane ? Remarquez, ça marche bien avec Gisèle Bundchen.

— Enchantée, Madame.

— Appelez-moi Josiane.

— Enchantée... Josiane.

Elle avait réussi à ne pas rire. Son sang-froid la bluffa.

— Mathilde, je vous laisse montrer les lieux à Josiane. Elle reviendra demain pour un cours sur les épices. Je vous fais confiance pour la mettre rapidement dans le bain ?

Mathilde eut envie de répondre : « Dans un bain d'acide ? Pas de souci, comptez sur moi » mais elle ne répondit que :

— Comptez sur moi, Monsieur.

Non, elle ne serait pas amie avec Josiane, jamais, plutôt crever. *Je veux Luciiiiiiiiiiieeeeeeee !* Pourtant, Josiane était sympa. Ce serait un peu cliché de dire qu'elle n'avait pas inventé le fil à couper le beurre mais c'était pourtant le cas. Cependant, cela ne l'empêcha pas de se faire apprécier de la clientèle et de faire du chiffre. Il faut dire qu'elle était moins vulgaire que Lucie pouvait l'être, encouragée par Mathilde. Mathilde se montra correcte avec elle et se retint deux ou trois fois de l'envoyer valser dans les graviers en lui faisant un croche-talons. Il faut préciser que Josiane avait un défaut. Aucun filtre ne séparait sa parole de sa pensée. Elle disait tout ce qui lui passait par la tête. Heureusement, il ne passait pas grand-chose.

— Mais, tes cheveux, ce sont des vrais ou ce sont des espèces de lianes que tu as collées ?

— Oh, j'ai le même pantalon que toi, mais comme tenue d'intérieur.

Mathilde s'était demandé si ces réflexions étaient impulsées par de la méchanceté mais avait conclu que Josiane n'était pas assez intelligente pour être méchante. Si, si, ça arrive. C'était le genre de nana capable de prononcer les phrases les plus exaspérantes du monde sans se rendre compte qu'elle risquait sa vie.

— J'en ai marre de ne pas grossir. Je mange tout et n'importe quoi et je fais toujours du 36.

Par exemple.

Cette période fut très compliquée à gérer moralement pour Mathilde. Elle n'avait aucune nouvelle de Lucie et n'osait pas l'appeler. Son amie était très occupée et avait des responsabilités à assumer en plus d'un deuil à vivre. Et puis, il fallait qu'elle s'habitue à vivre le quotidien sans elle. De temps en temps, elle se disait qu'elle aurait peut-être dû partir à Lyon avec elle mais, malgré tout, il y avait Martin et la phrase de Lucie qui résonnait en boucle dans sa tête : « Je ne suis plus amoureuse, moi. »

Le mois d'août touchait à sa fin. On était peut-être même déjà en septembre. Elle avait perdu la notion du temps. Elle était avachie dans son canapé, exténuée par sa journée et par sa vie en général quand elle entendit siffloter dans le couloir. *Tiens, un voisin heureux. Il en a, de la chance.* Elle avait augmenté le son de la télé, le bonheur des autres faisait trop de bruit et ne lui était pas supportable. Le sifflotement s'arrêta quand une clé tenta d'ouvrir la porte de son appartement. Elle se redressa un peu et écouta attentivement. Il n'était que 18 h 30. Martin, depuis un mois, rentrait tous les soirs à 20 h 30. Elle disposa de quelques secondes pour se demander qui pouvait bien avoir un double de leurs clés. Était-ce le voisin joyeux finalement déjà saoul qui se trompait simplement de porte ? Il portait un t-shirt blanc, sérigraphie noire, un dessin très joli et fin. Un jean clair bien coupé, des chaussures de ville (l'avait-elle déjà vu avec des chaussures de ville ?), ses cheveux étaient coiffés et il souriait. C'était donc Martin, son Martin, qui sifflotait.

Il la prit dans ses bras et la souleva du canapé. Son corps était aussi réactif que celui d'une poupée de chiffon. Elle eut même presque l'impression qu'il coulait entre les mains serrées de son amoureux. Elle se redressa. Mais que se passait-il ? Il ne prononça pas un mot. Rien qui aurait pu mettre la jeune femme sur une piste, la rassurer. Elle regarda le calendrier au mur, on était bien début septembre. Ce n'était pas son anniversaire, pas celui de Martin et pas leur anniversaire de rencontre. À moins qu'il ait décidé de rattraper, un jour lambda, tous les anniversaires qu'il avait manqués…

Martin la reposa et se mit enfin à parler.

— Ma poupée, ma doudoute, ma chérie, je t'ai menti.

— Sur… ?

Ça cachait forcément quelque chose, tout ce cinéma.

— Ça fait un mois que je te mens.

— Je flippe un peu, là !

— Je ne fais pas des missions d'intérim en graphisme depuis début août comme je te l'ai dit. J'ai un job, un CDI.

— Un CDI ? Toi ? Dans quelle boîte ?

— Tu ne connais pas. C'est un concept store, à Paris.

— À Paris ? Mais c'est quoi, cette histoire ? Pourquoi tu m'as rien dit ?

— Parce que je voulais voir ce que ça donnait, si je réussirais à m'adapter et si c'était viable.

— Viable ? Depuis quand tu parles comme un adulte ?

— Oui. Je te raconterai plus tard les détails, si tu veux bien. Maintenant, j'ai un truc à te dire, plus important.

— Encore ? Tu comptes m'achever ?

La jeune femme était sous le choc. Martin repartit dans le couloir. Tiens, c'est vrai que la porte de l'appartement était restée ouverte. Mathilde tenta de comprendre, écouta les sons et essaya de les interpréter comme on décortique des indices. Ça roulait. Martin poussait quelque chose avec des roues. Enfin, il fit son apparition, tout sourire, derrière sa poussette dernier cri.

— Tu es enceinte ? Remarque, c'est aussi crédible qu'un CDI !

Si elle devenait ironique et un brin sarcastique c'est qu'elle commençait à se réveiller un peu.

— Non, je ne suis pas enceinte et oui, j'ai vraiment un CDI et quand je vais te dire combien je gagne, tu vas halluciner !

— C'est élégant, ça.

— Bon, OK. Bref. Ne casse pas mon effet ! Mathilde, depuis quelques mois, même si j'ai du mal à comprendre pourquoi et à l'assumer, je t'imagine enceinte. Je rêve de te voir avec un ventre rond. J'ai acheté la poussette pour te faire comprendre que j'étais prêt à avoir des enfants avec toi, si tu le veux toujours.

Et tout à coup, la jeune femme sentit l'extrême fatigue de ces dernières semaines quitter son corps. L'adrénaline, sans doute. Tout lui parut plus clair, plus vrai, plus simple. Elle regarda cet homme qui partageait son lit depuis quinze ans avec un recul salvateur, un recul doux. Ils allaient devenir parents, se voir presque tous les jours, construire une famille et surtout, construire une routine, ce qui leur manquait cruellement. Elle fut tellement happée par la nouvelle qu'elle ne lui répondit pas. Elle souriait comme une potiche, comme une Josiane qui essaye de comprendre la différence entre du poivre et du piment. Martin attendait. D'abord anxieux puis presque furieux. Lui faisait-elle payer ces années d'attente et d'incertitude ?

Un « Ouuuiiiiiiiiii » hurlé, crié, vociféré lui ôta le dernier doute et lui fit presque perdre quelques points d'audition.

La pièce montée de Mamie Huguette

Margaux, avant l'incident, n'avait jamais raconté sa vie à Géraldine, sa vraie vie, j'entends. Elle était restée en superficie. Elle parlait de son « amie », ce qui, à l'oral, ne révélait pas qu'elle était lesbienne ou plutôt « malade et anormale » comme le lui avait hurlé son père dans la rue avant de… Son arrêt maladie d'une semaine, ses bleus sur le visage et ceux cachés qui semblaient la faire encore plus souffrir alertèrent Géraldine. Elle demeura pourtant discrète, serviable mais pas inquisitrice. Margaux lui révéla tout. Sa relation géniale avec Claire et la violence de son père, celle qu'elle taisait et qu'elle subissait depuis qu'elle était enfant. Elle lui raconta aussi la visite des gendarmes à l'hôpital et la plainte qu'elle s'était enfin décidée à déposer. Elle lui parla aussi de sa mère qui menaçait de ne plus jamais lui adresser la parole si elle confirmait sa déposition et attaquait son « propre père, l'homme qui l'avait élevée dans l'amour même s'il n'était pas parfait ». Géraldine ne disait rien pour ne pas accabler sa collègue mais était chamboulée, surtout par la réaction de la mère. Elle n'osa pas se demander quelle était la nature exacte des sévices subis par la petite fille que Margaux avait été. Parfois, creuser les choses laisse des séquelles psychologiques, même quand on ne les a pas vécues soi-même.

Margaux se remettait doucement. Au travail, elle réussissait à penser à autre chose, elle reprenait les dossiers et mettait scrupuleusement tout à jour. Elle savait donc que cela faisait un mois et demi que Mathieu, noté *« B2, puis A3, puis A3.2, gâteau sur trois étages + pièce montée mamie Huguette »*, était venu. Il avait encore de la marge pour leur préciser la date du mariage et s'ils avaient décidé de prendre une figurine ou non. Margaux s'attachait au moindre détail comme à une bouée de secours. Elle donnait de l'importance à tout pour se remplir la tête jusqu'à saturation. On était début septembre quand Mathieu appela Margaux.

— Bonjour, boutique du sucre d'amour, je vous écoute.

— Bonjour, je voudrais parler à Margaux, s'il vous plaît.

— C'est moi. Que puis-je faire pour vous Monsieur ?

Margaux, parce que la boutique était vide de clients, mit le haut-parleur.

— Je suis Mathieu Rousseau. Je suis venu en juillet pour un gâteau de mariage sur trois étages et une pièce montée à part.

— Je me souviens parfaitement de vous, Mathieu. Vous nous appelez pour la figurine ? Avez-vous fait votre choix ?

— Non, je ne vous appelle pas pour la figurine. Elle a dit non. Tout est annulé.

— Même la pièce montée de mamie Huguette ?

Mais pourquoi avait-elle dit ça ? Elle aurait voulu disparaître sous terre. Elle aurait payé cher pour que le réseau soit coupé à ce moment-là. C'était si horrible comme réflexion. Géraldine lui donna un coup de coude d'indignation et lui murmura : « Comment tu peux dire ça ? » Avant qu'elle ait pu trouver comment rattraper sa boulette, Mathieu lui répondit :

— Oui, même la pièce montée.

Son ton était si triste. À vrai dire, il n'avait même pas remarqué la stupidité de la réflexion de la jeune femme. De toute façon, depuis le refus de Lola, tout lui semblait idiot et sans importance.

— J'annule donc votre dossier. Au revoir Monsieur, bon courage.

— Merci, Mademoiselle. Au revoir.

Margaux avait reposé le combiné, incertaine.

— Quand je pense que tu lui as demandé s'il annulait aussi la pièce montée de mamie Huguette ! Mais qu'est-ce qui t'a pris ?

— J'en sais rien. C'était nul.

— J'te l'fais pas dire.

— C'est triste quand même, les D1.

— Oui, c'est triste. J'aurais pas parié sur lui, en plus. Je me souviens, il avait l'air sympa et sûr de l'issue de sa demande. Il doutait de tout mais pas de ça.

— Oui. On ne saura jamais pourquoi elle a refusé. Il ne faut pas être trop curieuses dans notre métier, sinon on est frustrées !

Mathieu non plus ne savait pas pourquoi Lola avait refusé. Il ne s'y attendait tellement pas. Il avait tout envisagé et imaginé, sauf ça. Il s'était dit qu'elle pourrait pleurer, rire, hurler, voire rester neutre et simplement sourire de joie mais pas partir en courant en disant seulement :

— Non, désolée.

Pendant quelques jours, il avait espéré qu'elle revienne. Son père lui avait expliqué qu'une demande en mariage pouvait choquer et faire peur, que c'était un engagement fort mais que Lola l'aimait, ça se voyait, et qu'elle allait revenir. Mais la première semaine était passée sans nouvelles et sans réponse. Elle refusait les appels et ne réagissait pas aux SMS. Puis, environ quinze jours plus tard, il était rentré du travail et avait trouvé la maison presque vide. Elle avait récupéré toutes ses affaires. Elle avait eu la politesse de laisser un mot sur la table. Il y chercha en vain un reste d'amour mais la femme qu'il aimait à en crever était désormais simplement polie. Il aurait préféré qu'elle soit haineuse, au moins, la haine est un sentiment.

— Je ne sais pas pourquoi, Mathieu, mais je ne peux pas. On a vécu de très bons moments et je suis sûre que tu en vivras des magnifiques avec une autre femme qui te mérite plus que moi. Je t'aime mais pas comme ça, pas pour toute la vie, pas pour des enfants, pas pour tout ça, pas assez, différemment. Pardonne-moi.

La seule chose qu'il comprit et qu'il mettrait des mois à intégrer c'est qu'il ne dirait jamais : « Lola, ma femme » à quelqu'un d'autre qu'à son propre reflet dans le miroir. Il devrait désormais dire : « Lola, mon ex. »

CHAPITRE INTERDIT NUMÉRO 14

Margaux avait regardé ce sexe gonflé comme on jauge un animal potentiellement menaçant. Elle avait eu envie de fuir mais s'était reprise. Après avoir respiré un bon coup, elle s'était forcée à sourire, tentant d'imiter au mieux l'air benêt de l'adolescent à la peau douteuse à qui appartenait ce serpent étrange. Elle avait maintes fois entendu qu'il était facile de faire sortir le venin, que c'était amusant et excitant. Que ça provoquait des émotions enivrantes. Elle ne ressentait que de la curiosité dérangeante. Elle avait approché ses mains toujours trop blanches de ce sexe bien trop rouge. La circulation veineuse l'intriguait. Elle avait plus envie de le dessiner que de le toucher mais il paraît que c'est en forgeant qu'on devient forgeron. Il était tentant d'utiliser à la place l'expression « L'appétit vient en mangeant » mais ça aurait été quelque peu déplacé.

Elle avait retenu son souffle et empoigné la bite qui s'offrait à elle. Elle avait formé un rond entre ses doigts et avait fait glisser le gland dedans. C'était presque rigolo, cette peau qui s'étirait. Elle avait vite compris

qu'un mouvement de va-et-vient était la clé de la réussite de l'affaire. Rapidement, le visage de l'adolescent s'était déformé, grimaçant, brillant de sueur, et le serpent avait craché. Margaux avait fait rouler le sperme entre ses doigts, en avait constaté la texture et l'odeur et s'était lavé les mains comme elle le faisait en cours de sciences après une dissection, déjà consciente que l'expérience vécue n'était rien de plus pour elle qu'un essai non concluant. Elle n'avait rien ressenti de ce qu'elle était supposée ressentir. Pas la moindre trace d'excitation dans sa culotte parfaitement sèche, pas le moindre frisson, aucun halètement, même discret. Elle avait vacillé entre curiosité et ennui pour finir en malaise quand le garçon lui avait susurré qu'il avait adoré ça et que la prochaine fois il allait lui faire du bien à elle. Margaux avait ri. Ce n'était pas une réaction normale mais c'était ce qui lui était venu. Elle n'avait aucune envie de se rapprocher de nouveau de cet individu prépubère et encore moins de l'embrasser ou de se laisser tripoter à son tour.

Elle avait laissé de côté ces expériences scientifiques et n'avait plus repensé au plaisir jusqu'à Alexandra. Au cinéma. Elle ne sait plus qui avait effleuré la main de qui mais s'était enclenché en elle un processus jusqu'alors connu seulement par témoignages. La chaleur, l'adrénaline, la vision qui se trouble, même. Elle ne sut pas de quoi parlait le film ni combien de temps il dura. Elle ne fit qu'attendre un nouveau contact, juste un, même un frôlement, mais juste un. Alexandra lui proposa d'aller réviser chez elle, Margaux accepta. Collée à sa copine sur son scooter, elle était aux anges, elle exultait mais la panique

main dans la culotte de Margaux, cette dernière comprit ce qu'étaient l'excitation et le plaisir, et sut qu'elle était, pour la première fois de sa vie, au bon endroit au bon moment. Cette première pénétration étrangère la fit perdre pied. Plus jamais elle ne réussirait à atteindre ce sentiment de plénitude. La découverte de cette sensation fut une révélation. Elle joua longtemps avec les seins d'Alexandra, comme si elle découvrait ce que c'était, comme si les siens ne comptaient pas. Elle les mordilla, les lécha sans se lasser, les agrippa, les malaxa sans doute maladroitement mais sa copine haletait et gémissait. C'était bon, c'était tendre… Au moment de glisser ses doigts dans le sexe chaud d'Alexandra, Margaux eut une petite hésitation mais le « Je t'en supplie, maintenant » de sa copine la poussa à l'action.

Elle enfonça son index, le remua, le retira le remit, doucement puis plus violemment. Alexandra la fixait du regard, l'air effrayé, totalement dépendante de ses gestes. Margaux, grisée par ce pouvoir de plaisir, introduisit son majeur également et répéta la danse. Quand elle titilla vers le haut, Alexandra se mit à crier, puis son corps contracté se détendit presque d'un coup. Margaux, un peu effrayée, se mit debout et s'éloigna du lit, observant, incrédule, la scène de crime. Face à ce corps de presque femme nu, soumis, abandonné là, elle ne sut que penser. Elle tituba puis se rassit. Alexandra lui caressa les cheveux et soupira :

— C'était bon, non ?

Oui, c'était bon et ça avait un goût de reviens-y.

l'envahit. Et si elle avait été la seule à ressentir… ça ? Et si sa copine voulait vraiment réviser ? Assises toutes les deux sur le bord du lit, gênées comme ça n'était jamais arrivé, les deux filles fixaient le mur en silence.

— Je crois que personne n'en sortira, avait dit Margaux au bout de dix longues minutes.

Alexandra avait ri et avait osé. Elle avait clairement posé sa main sur la cuisse de Margaux puis l'avait remuée doucement. Ses doigts pianotaient une musique imaginaire que complétaient les soupirs discrets de Margaux. Sa jambe fut envahie d'une chaleur intense, elle sentit des vibrations dans sa culotte et elle cessa de réfléchir. Ce qui ne lui arrivait presque jamais. Elle se tourna un peu vers Alexandra, lui remit une mèche rebelle derrière l'oreille, lui caressa la joue, lui dessina doucement le sourcil du bout de l'index et s'approcha. Seulement quelques centimètres séparaient leurs lèvres muettes.

— Je peux ? demanda alors Margaux.

— Tu… tu peux, chuchota Alexandra.

Margaux posa sa bouche sur celle d'Alexandra, immobile puis un baiser maladroit claqua et rompit le silence chaud qui avait envahi la pièce. Alexandra lui rendit son baiser, plus langoureusement, et se rapprocha encore un peu. Leurs seins se frôlèrent. Les deux adolescentes jouaient une chorégraphie naturelle. Désormais allongées sur la couette nuages d'Alexandra, elles se frottaient doucement puis plus énergiquement, s'embrassaient à pleine bouche puis, en se frôlant à peine, les doigts se baladaient sur des corps à découvrir, les mains caressaient, les lèvres exploraient. Quand Alexandra glissa sa

J'ai un truc à te dire

— Salut salut salut salut, j'ai un truc à t'dire.

Lina était surexcitée.

— Moi aussi, répondit Lola.

— Moi d'abord. C'est moi qui appelle !

— Vas-y, vas-y.

— Je vais vivre avec Mickaël. Enfin, ON va vivre ensemble. Grâce à votre boîte aux lettres.

— C'est bien, ça. Moi, Mathieu m'a demandée en mariage.

— Oh mais c'est génial ! On vit de trop belles choses en même temps !

— Et je l'ai quitté.

— Hein ?

— Oui.

— Mais… tu vas bien ?

— Je sais pas trop.

— Tu t'sens comment ?

— Soulagée, triste, floue.

— Tu es où, là ?

— Dans un petit hôtel, en pleine cambrousse.

— Seule ?

— Oui. Je passe mes journées à lire… Ça m'occupe.

— Tu ne veux pas venir à Paris pour qu'on parle ensemble ?

— Pas dans l'immédiat, non.

Lola ne vint jamais à Paris, enfin si, une fois, seulement pour prendre l'avion, mais n'avertit pas son amie.

À quelques secondes près...

Le gris et le froid de novembre avaient recouvert la France. Au placard les aventures et émotions de l'été ! Tout est plus définitif en novembre. Plus triste. Plus réel. Luc n'avait pas eu de nouvelles de Marthe. Il avait trouvé des dizaines de maisons, lofts et appartements qui auraient été parfaits pour accueillir leur nouvelle vie, à deux. Il avait quelquefois craqué et lui avait envoyé des annonces par e-mail. Malgré sa promesse de la laisser revenir vers lui. Quand elle serait prête. Le premier mois du deuil était passé, puis le second. Les espoirs de Luc s'étaient essoufflés. Aujourd'hui, il était triste et en colère. Mais surtout envahi par la haine. Il simulait la normalité à merveille mais il hébergeait un monstre. Il n'en parlait à personne, pour ça, il avait le carnet. S'il arrivait quelque chose à Marthe et que quelqu'un mettait la main sur ce truc, Luc finirait en tôle pour le restant de ses jours et passerait même dans les journaux. Lui, le petit agent immobilier, le jeune homme de bonne famille dont le voisinage pourrait dire sans mentir qu'il ne l'avait jamais soupçonné être un fou furieux.

Furieux, ça, il l'était. Fou, pas encore. Pas assez pour passer à l'acte. Pour l'instant, écrire lui suffisait. Dans son carnet à carreaux recouvert de cuir noir, il tuait Marthe de toutes les façons possibles et imaginables. Un jour, il l'égorgeait et décrivait longuement le sang qui coulait dans le caniveau et allait rejoindre le peuple des rats sans cœur auquel elle appartenait. Car oui, il était vexé, humilié, meurtri. Le lendemain, il la torturait longuement et l'observait souffrir. Son scénario préféré était sans conteste celui où il la dépeçait comme un lapin en écoutant le doux chant de sa douleur. Certains jours, il se faisait peur. Quand il n'écrivait pas de nouveaux scénarios, il se délectait en relisant les anciens.

Il avait hésité à en parler à Martin, mais il roucoulait avec Mathilde. Pas le moment de ressasser auprès de lui son histoire avec Marthe. Il riait jaune quand il pensait : « Mon histoire avec Marthe. » Quelle histoire ? Celle d'un jeune homme utilisé comme objet sexuel qui avait été assez con, stupide, écervelé, imprudent pour tomber amoureux ? Au début, il s'en était pris à lui-même. Il s'en voulait d'être tombé dans le panneau mais, rapidement, il avait transformé son espoir fou d'une vie avec Marthe en une soif de vengeance.

Un matin, il prépara un sac à dos. Il y mit du scotch, de l'éther, des gants et des ciseaux. Il le glissa dans le coffre de sa voiture et partit au travail. La matinée se passa tout à fait normalement. Il fut souriant avec les clients et très aimable avec ses collègues. Impossible de soupçonner ce qui se tramait dans sa tête. À midi, il engloutit un sandwich. Sans oignon cru, il ne les digérait pas très bien. Avec un supplément tomate, il en raffolait depuis gamin. Il se dit que le jambon blanc était de bonne qualité et le beurre, présent en assez grande quantité pour ôter le côté sec de la baguette sandwich. Il retourna au travail, comme si de rien n'était, comme si le coffre de sa voiture ne contenait pas l'attirail nécessaire pour tuer ou du moins, dans un premier temps, kidnapper quelqu'un. En fin d'après-midi, alors qu'il allait quitter l'agence, alors qu'il s'apprêtait à faire ce qu'il s'apprêtait à faire, il fut convoqué par son supérieur, seul. La secrétaire l'en informa juste avant qu'il quitte le bureau. À quelques secondes près…

— Luc ! Salut ! Comment vas-tu ?

M. Laurent était charismatique, toujours élégant et très doué.

— Très bien, et vous ?

— Tu peux me tutoyer tu sais.

— Ah… d'accord, alors.

— J'ai reçu tes chiffres. Bien, même très bien ! Tu as pété les scores ces deux derniers mois.

— Oui, je me suis beaucoup investi dans mon travail.

Il n'ajouta pas : « Pour m'empêcher de torturer et buter quelqu'un parce que travailler, ça occupe. »

— Et tu vas en être récompensé ! J'aime les progressions rapides et silencieuses, les gens qui ne se vantent pas à tout bout de champ de rester tard…

Luc marqua un silence. Que pouvait-il bien ajouter ? Il attendait comme un chien une croquette sa fameuse récompense.

— Tu as le poste de Londres. Directeur d'agence. Ils ont besoin de toi le mois prochain.

— C'est-à-dire que… euh…

— Oh, quand tu connaîtras les conditions, tu n'hésiteras plus une seconde ! Appart de fonction, voiture d'entreprise et un salaire qui te donnera l'impression d'avoir touché le jackpot tous les mois. Ne me remercie pas. On en reparle demain ? Je dois filer, un gala de charité à la con qui me barbe, mais bon.

Luc n'avait pas tout écouté. Il n'avait retenu que l'essentiel : Londres, loin de Marthe, jackpot, une nouvelle vie.

Et il rentra chez lui, sans même retirer le sac à dos de son coffre. Au cas où…

Fidèle à elle-même

Chère Lucie,
Ma chère petite chérie, ma fille, mon bonheur, ma fierté.
Je me sens faible aujourd'hui. Ne dis rien à ta mère, elle s'inquiéterait et ce n'est pas la peine. S'il te plaît. Je sens que mon cœur se fatigue vite. Ce n'est qu'une impression, peut-être que tout va bien, peut-être que c'est juste ma vieille carcasse qui me rappelle son grand âge. Je passe de nouveaux examens bientôt. On verra. Soyons positifs.
Je ne t'ai jamais écrit avant. Il y a des tas de choses que je n'ai jamais faites avec toi. Lolita me fait penser à ça, aujourd'hui. J'ai adoré ma journée avec elle. Qui aurait pensé qu'un vieux schnock comme moi pourrait s'occuper une journée entière d'une petite boule d'énergie ? Qui aurait pensé surtout qu'un vieux schnock comme moi fondrait littéralement devant un sourire de gamine plein

de chocolat ? J'ai loupé des choses avec toi, c'est comme ça, c'est fait.
Lolita est une bonne gamine. Même si elle sait ce qu'elle veut et qu'elle sait comment l'obtenir, elle a un bon fond et c'est le principal.
Tu vas me manquer, Lucie, quand tu seras à Lyon mais je suis fier de toi. Tu sautes les deux pieds joints dans la cage aux lions (oui, le jeu de mots avec la ville était facile mais on ne se refait pas).
Marco est un naze et je suis bien content que tu le laisses sur le bord de ta route. Il n'a jamais mérité ma fille et j'ai résisté plus d'une fois à lui foutre mon poing dans la gueule mais tu l'avais choisi... alors... Et puis, vous aviez Lolita, c'était trop tard pour t'alerter. J'aurais dû le faire avant, peut-être, mais je n'ai pas osé. C'est important d'être heureux en couple. Comme moi avec ta mère. Après tant d'années, elle me surprend encore et elle m'émeut toujours (...).

Marthe venait de trouver cette lettre dans la table de chevet de son mari. Jamais envoyée. Pas eu le temps. Rattrapé par son cœur. Cette lettre ne lui était pas adressée, mais ses yeux défilaient tout seuls. Les mots lui sautaient à la figure. Quand les gens meurent la notion de possession disparaît. On se partage leurs affaires avec le prétexte du souvenir. On lit leur correspondance, pour se rapprocher d'eux ou pour tout savoir ? Elle stoppa net sa lecture. Elle ne se sentait pas autorisée à continuer. Une heure de jardinage lui aérerait l'esprit. Malgré le froid. Il faudrait qu'elle appelle

Lucie ensuite pour lui dire qu'elle avait trouvé un courrier qui lui appartenait, des semaines après la mort de son père. Pourvu que ça ne la perturbe pas trop. Elle bina, retourna la terre avec violence, ça la détendait. Elle semait des graines pour des fleurs que Jean-Paul ne verrait pas. Et puis, elle ne savait même pas si c'était le bon moment pour semer. Elle était perdue. Elle observait, de temps en temps, au loin, la maison et se demandait si elle devait la vendre. Ce corps de ferme merveilleux devait peut-être accueillir une nouvelle vie de famille.

Mais où irait-elle ? Elle pouvait désormais habiter dans le pays de son choix. Elle avait tellement rêvé de s'expatrier mais Jean-Paul bloquait. Maintenant qu'elle était libre de fuir la France elle ne rêvait que des bras de son mari, que de la routine et que de sa maison avec lui. Parfois, elle désirait même le rejoindre sous terre. Elle creusa, creusa et creusa encore. Avant que l'espace pour ses plants devienne assez grand pour un cercueil, ou directement pour son corps, elle se ressaisit. Elle devait finir de lire la lettre. Après tout, elle avait commencé et qui lui en voudrait ? Jean-Paul ? Lucie ? Elle n'était plus à une trahison près, de toute façon.

Elle rentra donc. Quitta ses bottes pleines de terre et enfila ses chaussons. Le courrier était là, dans le salon, posé sur le canapé. Elle le relut depuis le début. Elle avait un peu l'impression d'être avec son mari. Ça faisait si peu de temps qu'il était parti. Que sont quelques semaines quand on a vécu des décennies avec quelqu'un ? Elle sentait encore son odeur dans la maison. Elle savait que, bientôt, elle disparaîtrait et qu'elle se remémorerait difficilement jusqu'à la voix de l'homme qui avait partagé sa vie pendant tant d'années. Le cerveau continue à vivre et à trier les informations essentielles. C'est comme ça. Ce que c'était bon de lire ces lignes. Ce que c'était doux de lire que Jean-Paul l'aimait encore tant.

Comme moi avec ta mère. Après tant d'années, elle me surprend encore et elle m'émeut toujours. Elle me trompe Lucie. Depuis longtemps. Au début, j'ai été malheureux, très malheureux. Mais tu étais là et elle continuait à être si douce avec moi. Finalement, je me suis fait une raison parce que rien ne changeait dans ma maison et dans notre couple. J'ai compris qu'elle cherchait quelque chose que je ne pouvais pas lui offrir mais que tout le reste la comblait. Je suis cocu mais content comme dirait l'autre. L'important pour moi, c'est de tenir encore sa main tous les jours que Dieu fait jusqu'à ce que Dieu me rappelle à lui. Le reste...
Tu vois, ma fille, chacun trouve son équilibre comme il le peut pour être heureux le plus possible. Tu es belle, intelligente, douce, tu as de la jugeote et des tas de qualités que je ne prendrai pas le temps de citer, ta mère va rentrer bientôt et elle se moquerait du petit vieux que je suis qui écrit encore des lettres manuscrites au lieu d'envoyer des mels. Tu la connais, elle peut être féroce. Ne la juge pas. Elle est une épouse remarquable, pas parfaite mais elle me rend heureux. Elle ne sait

pas que je sais pour les autres, ça la rendrait malheureuse.
J'ai oublié de te demander l'autre jour : pourquoi Lyon ? Tu me feras visiter à moi aussi ? On pourrait se promener des heures, tu nous feras des gâteaux et j'emmènerai Lolita au parc. Elle est casse-cou quand même quand j'y pense !
Je t'embrasse ma Lucie jolie,
Ton père

Marthe ne pleura pas. Marthe ne cria pas. Elle resta immobile. Sa vie venait de se retourner. Un coup sec derrière la nuque, encore un. Il savait. Elle l'avait rendu malheureux. Qu'est-ce qu'elle avait cru ? Pouvoir passer entre les gouttes des conséquences pendant des années ? Ça doit arriver, bien sûr, mais Jean-Paul savait et elle ne pourrait jamais lui expliquer pourquoi. Il était resté avec cette blessure seul, comme pour son cœur. Marthe se sentit sale. Elle se lava. Elle passa des heures à se laver. Elle sortait de la douche mais avait tout de suite l'impression d'être moite, de sentir la transpiration. Une odeur acide tenace. Elle augmentait progressivement la température de l'eau. Pendant quelques minutes salvatrices, elle se sentait nette et anesthésiée par la chaleur et puis elle était de nouveau envahie par cette sensation pénétrante de honte.

Elle ne pourrait jamais expliquer à Jean-Paul. Elle ne pourrait jamais lui dire que ces hommes n'étaient rien que des passe-temps, des fournisseurs de plaisir. Qu'elle s'était habituée à eux et n'avait plus été capable de s'en passer. Elle ne pourrait jamais demander pardon à Jean-Paul pour ces années d'infidélité et pour l'ultime trahison qu'elle s'apprêtait à réaliser : ne jamais donner cette lettre à leur fille. Interférer dans leur relation père-fille. Trahir un mort.

Lucie lira cette lettre quand je serai décédée. Elle la plaça dans sa table de chevet et imagina sa fille, plus vieille, assise dans le canapé, soufflée par ce qu'elle venait de découvrir.

Je suis une salope jusqu'au bout, pensa-t-elle. *Au moins fidèle à moi-même.*

Lucie, en sous-vêtements déjà, hésite. Puis, baisse légèrement sa culotte, laissant entrevoir à l'osthéo un peu paumé le début de son sexe. Elle glisse entre l'élastique et sa peau un doigt.

— J'ai toujours rêvé de faire l'amour dans un cabinet médical.

— Ah…

— C'est pas votre fort, les discours, non ?

Pierre éclate de rire. Lucie n'est pas la première à tenter de le séduire mais c'est la première à être si directe.

— Non, j'aime pas parler. Mais oui, j'ai les doigts musclés. Tu veux voir ?

Dans la salle d'attente, Marcelle s'impatiente. Les docteurs, tous les mêmes, tous incapables de respecter un planning et de recevoir leurs patients à l'heure !

CHAPITRE INTERDIT NUMÉRO 15

Lucie a mal à l'épaule. Elle ne veut pas perdre de temps mais elle doit aller consulter. Alors Lucie fait quelque chose qu'elle ne devrait pas faire. Quelque chose qu'elle trouverait répréhensible si quelqu'un d'autre le faisait. Elle choisit son praticien au physique. Ou plutôt au sourire. Pierre, ostéopathe. Dispo immédiatement. Lucie se douche et se touche. Elle a toujours aimé l'eau chaude comme préliminaire. Son épaule la lance, ce qui la conforte dans la nécessité de cette consultation. Dans le tramway, elle repense au sourire de Pierre sur son profil. Elle a presque l'impression d'avoir un rendez-vous Tinder. Vive Doctolib !

Pierre est fidèle à sa photo et à ses commentaires, beau et efficace. Il lui remet l'épaule en place et fait traîner ses doigts dans son dos. Lucie a laissé son cerveau avec sa veste sur le portemanteau de l'entrée.

— Vous avez les doigts musclés ?

Pierre écarquille les yeux.

— Euh… je suppose.

Cachi, c'est fini...

La neige avait recouvert le gris. Le tarmac était tout blanc quand l'avion qui emmenait Mickaël et Lina en Argentine décolla, un soir de décembre, le 5 pour être précis. Mickaël avait peur de l'avion. Il n'en avait rien dit à sa compagne. Ils étaient encore dans la phase de séduction des premiers mois, celle pendant laquelle on tente tant bien que mal de cacher ses failles. Il avait pris un tranquillisant en cachette. Lina le trouvait mou mais se dit qu'il devait déjà décompresser en prévision des vacances. Elle, elle se sentait angoissée comme jamais. Dans quel état allait-elle trouver sa copine Lola ? Depuis que celle-ci avait quitté Mathieu et la France pour aller vivre dans un bled paumé d'Argentine elle n'avait eu que très peu de nouvelles. Seulement un e-mail, en fait. Succinct.

Coucou Lina, désolée pour le peu de nouvelles depuis quelques mois, j'avais besoin de me ressourcer et de me poser les bonnes questions

seule avant de tenter d'y répondre. Je vais mieux.
J'habite à Cachi, en Argentine. Venez me voir.
Elle avait précisé son adresse à la fin de l'e-mail juste avant son traditionnel :
Je t'embrasse. Salue Mickaël pour moi !

Lina avait été rassurée de savoir que Lola allait bien, et flattée par le fait qu'elle lui ait demandé de saluer Mickaël, comme s'il était évident qu'ils étaient toujours ensemble malgré les mois écoulés. Alors, voilà, tout simplement, Lina avait dit à son amoureux qu'ils étaient invités à Cachi, chez Lola. Mickaël avait été très peiné par ce qui était arrivé à Mathieu et, de temps en temps, les deux garçons s'appelaient, juste pour parler un peu. Mathieu était encore dans un sale état, le pauvre.

Leur avion se posa à Buenos Aires à l'heure. Ils étaient épuisés, sur les rotules. Encore plus Mickaël qui s'était shooté et qui n'avait pourtant pas fermé un œil. Et ils devaient encore prendre un vol intérieur pour Salta, où ils dormiraient avant de louer une voiture le lendemain pour se rendre à Cachi. Quelle aventure ! Lola n'aurait pas pu fuguer moins loin ? Lola les reçut dans une maison entièrement blanche, comme toutes les maisons du village, d'ailleurs. Arrivé près de la place principale, Mickaël dut éviter des chevaux montés par des gamins qui se baladaient tranquillement sur la route. C'était beau, c'était dépaysant et il faisait relativement chaud, une bonne vingtaine de degrés. Elle vivait seule, pour l'instant, comme elle le précisa doucement en caressant la main de son nouveau mec, un Argentin un peu bourru, plus vieux qu'elle et qui parlait peu.

Lina était crevée, Mickaël, décalqué. Une bonne nuit de sommeil leur permit de prendre enfin conscience d'où ils étaient. Lola les emmena faire une balade à canasson en pleine montagne. Elle montait très bien maintenant et mâchait des feuilles de coca pour supporter l'altitude au quotidien. Lina ne la reconnaissait pas, sauf quand elle riait. On peut changer son apparence tant qu'on veut, sa vie, ses habitudes, on sera toujours trahi par un rire. Rapidement, elles récupérèrent leur complicité. Lola lui expliqua alors Mathieu, ses premiers doutes quand elle lui racontait sa complicité avec Mickaël et la révélation de la demande en mariage.

— Quand il m'a demandée en mariage, j'ai su d'un coup que ce n'était pas le bon. C'est un gentil garçon et il rendra une femme très heureuse. Mais pas moi. Je l'ai aimé mais je ne sais pas vraiment quand ça a cessé d'être de l'amour. C'était du bon temps, de la tendresse, de l'attirance physique mais plus de l'amour. Je ne voulais pas porter son nom et ses enfants. Je l'ai ressenti violemment dans mes tripes et je suis partie en courant. Je ne sais même plus ce que je lui ai répondu, le pauvre.

— Je n'ai jamais osé l'appeler… confessa Lina.

— Tu pourrais. Ça ne me dérange pas. Il t'aime beaucoup, répondit Lola.

— Tout le monde m'aime beaucoup, Lola.

Et Lola rit, doucement, sûrement, sereinement.

— Tu m'as manqué. Pardonne mon silence.

— Pas grave. Mais ne recommence pas. C'était très dur.

— Promis.

Et elles parlèrent des heures comme ça, comme si leur relation n'avait pas été perturbée, comme si elles étaient seules, comme à Tours, comme à Paris, mais à Cachi. Mickaël l'avouait volontiers, il se dégageait de cette ville quelque chose de doux et de magique, presque de spirituel. Les gens vivaient et évoluaient au ralenti. Tout était tranquille, calme, serein. Ça lui donnait presque envie de rester ici, loin de tout. Mais avec Lina, bien sûr. Soudain, le désir de la demander en mariage le titilla. Ici, tout lui paraissait plus intense et plus profond. Il se ressaisit. Le cas Mathieu le terrifiait. Leur séjour fut merveilleux.

Ils quittèrent Lola, reposés et un brin mélancoliques. Lola reprit le boulot le lendemain de leur départ. Ça l'avait chamboulée de laisser entrer avec eux un peu de son passé ici. Mais c'était Lina, elle était son repère depuis tant d'années. Le patron de l'hôtel qui l'employait comme réceptionniste la trouva un peu triste les premiers jours, puis elle redevint la petite Française guillerette et très *bonita*.

La magie de Noël

Lucie et Mathilde qui se parlaient tant avaient eu besoin d'une pause. De toute façon, il aurait été inconcevable qu'elles passent leur journée à se textoter. Elles avaient désormais chacune leur vie et puis, ce que Mathilde adorait dans leur relation avait disparu. Désormais, Lucie ne savait rien de son petit quotidien. Elles reprirent contact début septembre. Quelques SMS par-ci par-là. De petites nouvelles succinctes. Des petits traits d'union qui entretenaient le lien qui les unissait.

Et Noël leur permit de s'appeler. C'est stupide mais elles n'avaient pas osé le faire avant. Jamais elles n'avaient parlé longuement au téléphone ensemble. Et si elles n'y arrivaient pas ? Et si un blanc gênant s'installait, et s'il était assez profond pour creuser leur complicité ? Non, il valait mieux ne pas prendre le risque. Mais Noël leur donnait un sujet de conversation presque intarissable… Et toi, tu fais quoi pour les fêtes ? Tu vois qui ? Tu as trouvé des cadeaux pour Lolita ? Comment va ta famille ? Ici, il fait chaud pour un mois de décembre, et à Lyon ?… Intarissable ! Alors Mathilde prit son téléphone pourri et se lança. Lucie décrocha dès la première sonnerie. Comme si elle attendait l'appel. Et si elle n'avait pas répondu ? Est-ce que Mathilde aurait osé rappeler ?

— Salut Mathilde ! Comment vas-tu ?

Alors, Mathilde se rappela avoir ri avec Lucie, avoir pleuré sur son épaule, lui avoir raconté les détails les plus intimes de sa vie, et se dit que la distance ne changerait pas grand-chose à ce qui s'était créé entre elles.

— Ça va, et toi ? Alors, ce salon de thé ? Il est ouvert ?

— Non, pas encore. En janvier. Mi-janvier je pense. J'ai hâte et j'ai si peur.

— Tu as le nom ? Tu sais ce que tu vas servir ? Racooooonte.

Finalement, Noël ne leur fut d'aucune utilité.

— Lolita délices. Oui, je sais, je suis fan de ma fille, mais bon, c'est elle qui me supporte ici et elle est particulièrement cool, d'ailleurs. On y mangera des cupcakes. J'ai pris trois kilos à force de tester les recettes. Et puis, je vais faire du sans-gluten aussi. À la mode, quoi.

— Bien. Ça a l'air cool, tout ça. Et t'as trouvé un mec ? Tu as annoncé le truc à Marco au moins ? Dis-moi que tu n'as pas oublié ?

— Bien sûr, t'es con. Imagine, si j'étais partie et que j'avais oublié de lui dire que je le quittais ! Quoique, ça aurait été possible s'il n'y avait pas eu la petite…

— Sérieux ? Tu aurais fait ça ? C'est violent !

— Dit la meuf qui insulte son copain…

— Bon, ça va, ne me fais pas passer pour la méchante non plus, moi au moins, je suis pas partie à l'autre bout de la France en larguant mon mec pour faire des gâteaux !

Lucie n'en revenait pas. Elle n'avait jamais entendu Mathilde lui parler comme ça. C'était la première fois qu'elle voyait son amie vexée.

— Mathilde, ça va ? Que se passe-t-il ?

— Oh excuse-moi. Je suis sur les nerfs. Josiane me tape sur le système.

— Ta grand-mère ?

— Oh non, pas ma grand-mère. Elle s'appelle Marie, ma grand-mère, c'est plus moderne que Josiane ! Josiane, c'est ta remplaçante, enfin, à la boutique seulement, hein.

— Hein ? Tu déconnes ? Il a employé une amie retraitée pour ne pas débloquer de budget ?

— Non, elle a à peine 30 ans et elle est trop canon. Une blonde méga-gaulée, souriante et aussi stupide que belle.

— Ah la la. Tu dois t'éclater. Je suis désolée de t'avoir abandonnée, Mathilde.

C'était dit sur le ton de la blague, mais, vraiment, Lucie s'en voulait d'avoir planté sa copine. L'ambition peut faire des dégâts collatéraux. Elle ressentait une légèreté dingue depuis qu'elle avait quitté cette vie qui l'usait. Marco et ses marcels, Marco et ses réflexions de beauf, leur maison encombrée de ses conneries à lui… Quand ces images lui venaient, elle sentait son cœur s'emballer, comme si le fait d'y penser allait l'obliger à y retourner. Aujourd'hui, elle vivait pour elle. Son temps de travail, elle l'investissait dans son projet et son temps libre, elle le consacrait à sa fille et, chose incroyable qui lui avait changé complètement la vie, à elle aussi !

— Je sais Lucie, mais je suis contente pour toi, va. Et puis y'a pas que ça…

— Ça se passe mal avec Martin ?

— Non. Ça se passe bien avec Martin. Josiane me gonfle mais à la maison, ça va. Je suis enceinte.

— Waouh !! Mais c'est génial ! Félicitations ma poulette.

— Merci. C'est une fille, elle s'appellera Lina… Ah, et Martin a un CDI ! La roue a tourné. Je suis bien, juste bien.

— Une copine à moi aurait dit : « Mais c'est une putain de nouvelle, meuf ! »

— Oui, c'est une putain de nouvelle. Tu ne t'ennuies pas trop, seule à Lyon ?

— Je consacre quand même beaucoup de temps au salon de thé et puis, à côté, je sors un peu. Mes petites-cousines, tu sais, les jumelles dont je t'ai parlé, elles ont 13 ans maintenant et, de temps en temps, elles me gardent Lola pour que j'aille au cinéma ou danser un peu ! Truc de fou.

— Tu as enfin appelé ta fille par son vrai prénom. Lola… c'est beau. Comme Lina…

Mathilde se perdit un peu dans ses pensées puis revient à elle :

— Et, au cinéma, tu continues à aller voir les films d'action préférés de Marco ?

— Non ! Je vais voir des films d'auteur et aucun gros bouseux ne s'endort sur le siège à côté de moi ! Ou alors ce n'est pas mon mec mais celui d'une autre et j'avoue que, quand ça arrive, ça me fait du bien de la narguer un peu du regard.

— Vilaine, va !

Et les deux jeunes femmes continuèrent à blablater de la sorte sans aucun temps mort, sans aucune gêne. Presque comme si elles étaient assises de nouveau dans les fauteuils des clients, entourées d'épices du monde entier. Mathilde, au cours de la conversation, se surprit à caresser son ventre. Ce qu'elle était heureuse d'être enceinte. En raccrochant, Lucie se dit qu'elle avait oublié de demander à Mathilde ce qu'elle faisait pour Noël. Elle ne sut donc pas que sa copine allait dans la famille de son amoureux cette année. Ce que Mathilde ne savait pas non plus, c'est que Martin annoncerait la nouvelle de la grossesse à tout le monde en plein repas de réveillon et qu'il se mettrait à pleurer comme un gamin, ce qui causerait une contamination immédiate. Sa belle-mère fondrait en larmes, son beau-père cacherait l'humidité de son regard si doux pour continuer à paraître viril et la vieille grand-mère, la doyenne de la famille, se mettrait à crier « Alléluia !! » en faisant de nombreuses fois le signe de croix comme si l'oncle Herbert, tétraplégique, venait de se remettre à marcher. Lucie ne savait pas non plus que Lola lui avouerait, le soir même de Noël que « c'est mieux sans papa ».

CHAPITRE INTERDIT NUMÉRO 16

Alejandro a la peau dorée. Un peu burinée par endroits. Les bras musclés, solides, accueillants. De rares poils blancs illuminent son torse. Lina caresse du bout de l'ongle les abdos bien marqués de son homme. Pensive, elle semble finir de les dessiner. Elle s'attarde un peu dans le nombril de celui qui se laisse faire, espérant un nouveau dérapage de sa petite *Frenchie.* Elle semble mignonne et sérieuse mais quand elle se lâche, Alejandro savoure. Le fait qu'elle se mette à lui caresser du bout de sa langue savamment durcie le tour du nombril avant de descendre encore un peu lui annonce une suite de soirée torride. Et le fait qu'elle le regarde avec insistance tout en s'attachant les cheveux confirme ses suppositions… Lina adore dévorer son homme. Elle aime avoir la bouche pleine de lui, elle aime être au bord du trop-plein, lui montrer qu'elle est capable de risquer de régurgiter pour le gober le plus possible.

Lina a été surprise par Alejandro. Un jour, comme elle lui disait qu'elle adorait le sucer, qu'elle aimerait le sentir totalement au fond de sa gorge, il l'avait allongée sur le lit et lui avait fait tomber la tête dans le vide. Il aurait pu lui expliquer que c'était de la logique, que l'axe ouvert de sa bouche ouvrait forcément sa gorge laissant une autoroute pour sa bite prête mais Alejandro n'avait jamais été un grand parleur. Au lieu de ça, il avait souri et avait entré son sexe en intégralité dans sa partenaire offerte, corps allongé et tête en bas pour son bon plaisir. Lina aimait leur complicité sans tabou et sans arrière-pensée. Lina aimait Alejandro comme elle n'avait jamais aimé personne.

Heureux qui comme William…

— Bonne année mec !! hurla William à Martin, au téléphone.

— William, on est encore fin décembre. Tu vas me porter la poisse !

— Mais non, arrête.

— Ça va ?

— Oui, parce que…

— Parce que quoi ?

— Parce que j'ai des couilles en or !!

— Et c'est pas trop galère pour marcher ?

— Non, j'adore.

— Allez, raconte, t'en meurs d'envie.

— Quand on s'est séparés, quand notre union a explosé en morceaux et que notre amour a volé en éclats…

— William, abrège !

— OK, OK. Quand on a arrêté de bosser ensemble, je suis entré dans une boîte qui vend des panneaux photovoltaïques. J'ai été commercial. Une belle merde de job, ça. T'es tout le temps sur la route et payé au lance-pierres. Bref, j'ai arrêté. Ensuite, j'suis entré chez Free parce que j'avais tout compris, comme Jeanne d'Arc.

Martin se demanda alors si les blagues pourries de son ex associé l'avaient toujours autant peu fait rire.

— Là, c'était cool mais pas de possibilité d'évolution rapide, et puis répéter toujours le même discours, c'était relou.

— Oui…

— Donc, j'ai monté ma boîte ! Je suis chef d'une entreprise de conseil en vente directe.

— Bien joué ! Bravo !

— Merci. Merci. Je roule en super voiture et je m'éclate. Bon, ça fait que quelques semaines, peut-être que je claque la thune trop vite mais j'ai eu des gros contrats. Je fais des formations pour les salariés de Bouygues, truc de dingue !

— Ah oui, quand même

— Ouais, ouais, gros !

— Je vais être papa.

— Hein ? T'as mis une meuf enceinte par accident en festoche ?

— Non William, ma copine Mathilde, que je n'ai jamais trompée depuis quinze ans, est enceinte. On va avoir un enfant et tout et tout…

— Euh… Félicitations ! Si c'est un mec, appelle-le William, avec un peu de chance, il sera chanmé comme moi !

— C'est une fille et elle s'appellera Lina.

On va avoir un enfant. Je vais être papa. Mathilde est enceinte. On va être parents. Martin se déclinait à lui-même la grande nouvelle pour tenter de l'intégrer. Il avait lu sur Internet que certains pères ne se rendaient vraiment compte de leur paternité que quelques mois après la naissance. Il trouvait ça dingue. Lui, papa, il voulait que l'attente de l'enfant soit réelle et que son petit cerveau intègre déjà qu'il allait être pa-pa. Il avait tellement hâte de tenir un nourrisson dans ses bras, d'entendre des petits bruits sortir d'un corps que Mathilde et lui avaient créé, mais ce qui le tenait le plus en haleine était le moment du croisement de regards. Il avait lu, oui, il lisait beaucoup d'articles sur le Net sur les bébés, il avait donc lu que le premier regard d'un enfant est un moment incroyable. Vivement.

Un homme heureux dort toujours bien

Chocapic, verre de lait.

Pringles, bouteille de bière.

Chips, Coca.

Et même parfois du saucisson trempé dans du café.

Oui, depuis que Lucie était partie, Marco se nourrissait mal. Mais il dormait mieux. Elle ne l'enquiquinait plus, il ne s'en portait pas plus mal. Il pouvait sortir voir ses potes sans avoir à donner d'horaire hypothétique et sans se faire engueuler parce qu'il rentrait trop tard et parfois un peu ivre. Mais, bizarrement, depuis qu'elle était partie, il sortait moins. Il se sentait très fatigué. Sa famille lui disait qu'il fallait qu'il accuse le coup. C'est un coup dur qu'ils répétaient tous. Marco n'avait pas ressenti de douleur réelle. Depuis leur dernière discussion, il se sentait plutôt shooté. Oh, il avait bien compris que Lucie n'était pas heureuse avec lui, qu'il n'était pas romantique, qu'il se laissait aller, qu'ils n'étaient pas compatibles sexuellement (« En d'autres termes, elle pense que je suis un loser au pieu », avait-il conclu, pas si con que ça, pour une fois) et qu'il ne s'investissait pas beaucoup dans les corvées domestiques et familiales. Il n'avait pas trop cherché à argumenter. À quoi ça sert de polémiquer devant une femme qui a fait discrètement tous ses cartons et qui tient sa dernière valise à la main ? Ça faisait bien longtemps que Lucie avait déjà un pied dehors. Il avait juste demandé s'il y avait quelqu'un d'autre. Ce à quoi elle avait répondu une réponse de bonne femme :

— Oui, il y a moi.

Il n'avait pas d'autre question. Elle avait posé sur la table la liste de tout ce qui était à elle et de tout ce qui était à lui, le moindre meuble et la moindre fourchette étaient dans la bonne colonne. Rien à redire. Elle avait anticipé sa question sur la garde de la petite Lola, le rendez-vous chez le juge était déjà fixé, pour le préparer elle l'appellerait quelques jours avant. À peine une semaine avant la discussion fatidique, Marco avait reçu une newsletter d'un site de citations, pour une fois, il l'avait ouverte. La citation de la semaine parlait des couples et disait, en gros, que le ménage était en péril quand la femme était plus intelligente que l'homme. En voyant Lucie, sûre d'elle, courageuse et décidée, en voyant qu'elle avait tout prévu dans le moindre détail et anticipé ses questions pour ne pas avoir à déblatérer longuement de la situation, il se dit que le type qui avait écrit cette citation n'était pas stupide, lui. Lucie ne lui manquait pas. Il serait content de revoir Lola pour Noël et de jouer avec elle. Il en avait envie mais elle ne lui manquait pas énormément non plus. Il appréhendait un peu de retrouver son ex. Il ne savait pas comment il réagirait. Devait-il lui en vouloir et être furieux ? Il était sûr, en plus, qu'elle serait gentille avec lui, et aimable.

— Pour Lolita, il vaut mieux que les choses se passent en douceur, avait-elle dit.

Lui, il estimait que rentrer un soir du travail et voir sa femme prête à déguerpir avec sa dernière valise après avoir vidé la maison de ses effets personnels n'était pas vraiment une séparation en douceur, mais bon. Si femme veut, Marco veut. Au début, il y avait vu un seul intérêt. Il pourrait désormais regarder des pornos sur le grand ordinateur et plus seulement sur l'écran de son smartphone. Il s'était aussi inscrit sur des sites de rencontres. Il en avait rencontré, de la greluche trop maquillée. Il s'était amusé un peu. Tous les week-ends une différente. C'est que, quand il mettait du gel, le Marco, il plaisait ! À partir de janvier, il aurait Lola un week-end sur deux. Tout le monde lui avait recommandé de ne pas imposer à la petite un défilé de gonzesses, elle serait perdue, la pauvre. Il avait acquiescé en disant que, bien sûr, il avait pensé à ça déjà. C'était faux. Il n'y pouvait rien, il n'avait pas le réflexe de penser comme un père et même simplement le réflexe de penser à quelqu'un d'autre qu'à lui. Il était comme ça. Il l'avait répété à Lucie.

— Je suis comme ça.

Elle avait, malgré tout, essayé de le changer, en vain. Le premier week-end de garde le terrifiait à tel point qu'il demanda à sa mère s'ils pouvaient le passer tous chez elle. La petite vieille accepta, ravie de passer du temps avec sa petite Lola en sucre. Elle accepta pour le premier week-end et pour tous les autres. Son fils était incapable de s'occuper correctement de la petite, elle le savait bien. Lucie aurait été furieuse qu'elle mange des chips en buvant du Coca, qu'elle se couche à pas d'heure et qu'elle voie défiler des pétasses manucurées.

La mère de Marco s'était dit que Lucie avait été la meilleure chose qui lui était arrivée. Elle avait même pensé pendant quelques années que cette charmante femme avait réussi à faire de son rejeton un homme. Et puis, elle avait ouvert les yeux, elle s'était rendu compte que Lucie ne bataillait simplement plus. La fin, elle la connaissait bien avant Marco. Et une toute petite partie d'elle-même était heureuse pour Lucie et priait pour que Lola lui ressemble, à elle. C'est bien malheureux quand même de penser ça de son propre enfant, mais on ne choisit pas. Les pires monstres que la Terre porte l'ont d'abord été par des mamans. Elle se rassurait en se disant qu'au moins son fils n'était pas un tueur en série.

Filer à l'anglaise

Luc avait fêté sa première année à Londres. Tout se passait bien. Il était heureux ici. Il avait oublié Marthe. Enfin, il l'avait oubliée comme potentiel avenir et comme potentielle victime aussi. Il n'avait rencontré personne encore. Il ne s'en sentait pas prêt. Il se faisait des amis et développait son portefeuille clients. C'était le principal, pour l'instant. Bientôt, il passerait sans doute le cap. Ça ne l'effrayait pas. Il n'avait eu aucune nouvelle de Marthe. Dans le fond, maintenant que le temps avait patiné son aigreur, il espérait même qu'elle était heureuse. De temps en temps, et seulement de temps en temps, parce que sinon le poison se serait répandu dans sa tête, il se souvenait de ce qu'il s'était senti capable de faire. Il se rappelait le scotch, les ciseaux et les gants. Il caressait du bout du doigt le carnet noir comme pour se remémorer sa folie passée. Et si son patron ne l'avait pas convoqué ce soir-là ? Et s'il avait suivi Marthe comme il comptait le faire, jusqu'à ce qu'elle se trouve dans un endroit assez discret pour l'enlever ? Et s'il avait tué Marthe ? Combien de temps aurait duré encore leur histoire si Jean-Paul n'était pas mort ? Pendant combien de temps aurait-il continué à être un vulgaire objet de plaisir frais et vigoureux ? Aurait-il vraiment tout dit à ce mari cocu ? Parfois, il se rassurait en se disant que c'était sans doute le fait que Marthe lui ait tout avoué sur leur amour qui avait achevé le cœur de Jean-Paul. Foutaises. Comment réagirait-il s'il devait revoir Marthe ?

À mes genoux

— Et d'où pourrait venir le traumatisme, selon vous ? Une histoire de famille peut-être ?

Le psy se gratta derrière l'oreille. Il s'attendait sûrement à entendre pour la énième fois l'histoire d'un père frivole qui a du mal à s'engager pour de vrai, qui s'est marié parce que ça se fait et qui, dans le fond, ne savait même pas ce que ça signifiait. Mickaël réfléchit un instant et mit le doigt sur la réponse :

— De l'ex de la meilleure amie de ma femme.

Le psy se redressa. Peut-être enfin une histoire plus contemporaine, peut-être même une histoire croustillante…

— Je vous écoute.

Mickaël retint un « Oui, et t'es payé pour ça, heureusement que tu le fais ».

— Mathieu s'est fait larguer par Lola le jour où il l'a demandée en mariage, au bout de nombreuses années d'un amour parfait.

— Rappelez-moi le nom de votre amoureuse ?

— Lina.

— Lola, Lina, intéressant…

Mickaël ne trouvait pas ces prénoms particulièrement intéressants mais il existe chez les psys des connexions que le commun des mortels a du mal à comprendre.

— Comment ça, intéressant ?

— Les prénoms se ressemblent, c'est tout. Vous assimilez votre histoire à la leur. Vous pensez que si vous demandez Lina en mariage elle répondra comme sa copine. Pour l'imiter ? Par solidarité ?

— Non ! Lina n'est pas stupide !

— Intéressant.

Cette fois-ci, Mickaël ne releva pas. Il imagina son psy en train de tripoter une mangue au supermarché, emballée dans un filet blanc à triangles et en train de dire : « Intéressant. » Il conclut la séance en parlant du boulot, décidé à demander Lina en mariage parce qu'il n'y avait aucune raison pour que la situation se répète et pour que sa chérie réponde la même chose que sa meilleure amie et parte vivre à l'autre bout du monde.

— Un bouquet de fleurs ? Toi, t'as un truc à te faire pardonner, non ?

Mickaël fit non de la tête, vexé. *C'est vrai, quoi, merde. Après, elle dit que je ne lui offre jamais de cadeaux mais, quand je le fais, elle me suspecte de l'avoir trompée entre midi et deux et d'avoir couru chez la fleuriste, la braguette encore ouverte.* Lina se retourna et son chéri avait déguerpi. Elle installa le bouquet dans un vase, souriante. Elle appela Mickaël mais il ne dut pas l'entendre. Elle fila se préparer. Quand Lina avait quelque chose en tête…

— Un body en dentelle ? Ah oui… que me vaut cet honneur ? Tu as quelque chose à te faire pardonner ?

Lina éclata de rire.

— Non, plutôt quelque chose à tester…

Mickaël fut rapidement intrigué et excité.

— Bonjour Monsieur, je suis bien au 6 bis ?

— Oui, c'est ça. Au 6 bis.

— Alors c'est pour vous que je suis là. Payée d'avance.

— Très bien. Et quelle est la nature de vos prestations payées d'avance ?

— Tout.

Lina fit mine de lire un papier imaginaire.

— Tout, je vous fais ce que vous voulez, comme vous voulez. Pendant une heure et demie.

— Ah oui, sacré cadeau…

La suite mériterait un retournement de livre, non ?

Allongés sur le dos, seule la mélodie de leurs respirations encore saccadées brisant un silence moite, Mickaël et Lina se remettaient de leurs émotions.

— Je peux te poser une question ? tenta Lina.

— Si j'ai aimé ? Carrément !

Elle ricana.

— Si je veux que tu me vouvoies toute la vie ?

— Certainement pas !

Ils rirent ensemble. Lina lui prit la main doucement.

— J'aimerais qu'on se marie.

Mickaël n'en revenait pas. Des semaines qu'il se torturait la tête sur comment la demander en mariage, des mois qu'il flippait qu'elle prenne la poudre d'escampette, au point d'aller consulter un psy et elle, après une bonne partie de baise, se lançait, comme si de rien. Il fit mine de réfléchir.

— D'accord, mais si tu te mets à genoux, répondit-il taquin.

— Encore ? dit-elle en souriant.

Ex-citation

— Et une robe rouge ? s'extasia Lina.

— Rouge ? T'es sûre ?

— Ou noire… oui, noire, c'est parfait !

Lola tiqua un peu :

— Mais ta mère ne va pas hurler si tu te maries en noir ?

— Tu crois ?

— La mienne hurlerait et ma grand-mère crierait au scandale. Je les vois de là, oh bah tout de même y'a des traditions à respecter, on n'est pas en deuil…

— Justement, ça ferait jaser un peu…

— En gros, tu ne veux rien faire comme tout le monde.

— Exactement !

Elles rirent toutes deux de bon cœur.

— Lola…

— Oui ?

— On a invité Mathieu.

— Ah.

— C'est que Mickaël et lui sont devenus amis, tu vois. Ils se voient régulièrement et…

— Respire donc un coup. Je le savais. On s'appelle de temps en temps.

— Mickaël et toi ?

— Non, patate ! Mathieu et moi.

— Ah bon… Eh bah !

— Oui, l'eau a coulé et on a vécu de si longues années ensemble. On a grandi ensemble. C'était trop dur de vivre sans lui. Il a rencontré quelqu'un, d'ailleurs. Une fille très bien, une infirmière qui est en fauteuil roulant.

— Je sais. Elle sera là. Au moins, elle, elle se barrera pas en courant quand il la demandera en mariage !

— Lina !

— Pardon, mais avoue que c'était tentant comme blague.

Elles sourirent. Lina était terrifiée à l'idée que Lola prenne mal le fait que son ex soit invité.

— Et puis, ma chérie, tu sais, c'est moi qui l'ai quitté. Si en plus je l'empêche d'être invité à des fêtes… Je serais vraiment la pire des salopes !

— Ne dis pas ça mais, tout de même…

Elles éclatèrent de rire.

— N'empêche, le pauvre. Et avec sa pièce montée… et sa figurine.

— Quelle figurine ?

— Il ne t'a pas raconté tout ce qu'il avait déjà préparé pour le mariage ?

— Préparé ? Oh merde, tu me fais encore plus culpabiliser !

Et elles discutèrent encore une bonne heure, de tout et de rien mais surtout du mariage qui arrivait, de la robe, de la déco et des choix à opérer. Lola étant la témoin, bien sûr. Elles échangèrent les codes d'un fichier partagé répertoriant tous les invités mais ni l'une ni l'autre anticipa le drame.

L'imprévu

Oui !

Ce fut un beau mariage. Un magnifique mariage. Un mariage bohème en très grand comité. Plus de deux cents personnes assistèrent à la cérémonie qui se déroula dehors, dans un jardin immense joliment décoré. Rien ne fut laissé au hasard. Et les deux mariés dirent oui. Avec le recul, il aurait été préférable d'arrêter la journée à ce point précis. Un homme furieusement heureux d'avoir épousé sa belle, et une femme gaiement épouse de celui qui l'avait suivie dans une ruelle. Certes, leur histoire ne fut pas résumée comme ça dans les différents discours qui jalonnèrent la cérémonie laïque. On ne peut pas non plus tout dire. Il aurait été doux de vivre à leurs côtés un repas copieux et réussi, une soirée de danses endiablées et de franche rigolade.

À la place, on assiste plutôt aux questions de la police appelée sur le lieu du mariage suite à un fâcheux événement. Vous vous souvenez de Luc ? Et sans doute de son sac spécial kidnapping dans le coffre de sa voiture ? Et vous vous souvenez de Marthe ? La veuve de Jean-Paul ? Lina et Lola les ont mis à la même table. Comment pouvaient-elles imaginer que, quand Lola était petite et alors que Lina n'était même pas née, Luc et Marthe avaient eu une histoire d'amour pour l'un et de sexe pour l'autre ? Comment Lina aurait-elle pu penser que le meilleur ami de ses parents se tapait la grand-mère de sa meilleure amie à elle et témoin de mariage ? Et que ledit Luc, après vingt ans de pacifisme, mû par une pression meurtrière soudaine, tenterait d'étrangler la vieille dame en face de lui ? Vieille dame encore très bien conservée et mariée à un homme bien plus jeune qu'elle…

Luc avait senti son sang tourner, comme il l'avait expliqué quand on lui avait mis les menottes, juste avant le fromage. Lui qui avait eu du mal à surmonter la fin de son histoire, qui avait dû faire le deuil de sa vie avec Marthe, qui avait payé un psy pendant des années, qui avait même dû prendre des cachetons divers et variés pour l'oublier… la retrouver là, en face de lui, radieuse, l'avait fait vriller. Mais ce qui avait provoqué sa rage surtout, c'est qu'elle ne l'avait pas reconnu. Et que, donc, elle n'avait rien compris, quand, après plusieurs heures, il s'était levé et avait juste tenté de l'étrangler. Ça avait jeté un froid. On en a vu, des mariages qui partent en jus de boudin, des bagarres arrosées de digestif, des disputes familiales qui remontent à la surface, des mariés mécontents de leur traiteur ou qui s'énervent contre le DJ qui décide de passer de la musette malgré la playlist qu'on a mis des mois à préparer… mais une tentative de meurtre par strangulation, avouons que c'est un peu plus… rare. Lina, qui ne voulait pas un mariage comme tout le monde, dans sa robe noire, aurait presque pu être satisfaite. Presque.

CHAPITRE INTERDIT BONUS

Et pourtant, il ne me plaît pas tant que ça. Je veux dire, il est loin d'avoir un physique ingrat. Juste, de premier abord, il n'a rien de spécial, il ne coche aucun de mes critères de sélection. Rien qui serait supposé me faire tourner la tête. Tiens, pour te faire comprendre, en photo, je le trouverais… normal, trop normal. Un peu trop grand, un peu trop fin. Les traits un poil trop marqués et une calvitie naissante qui saute aux yeux. Et pourtant, à peine l'ai-je vu que s'est opéré dans mon cerveau de moineau une sorte de *« clic »*. Je te jure, on aurait pu entendre « *clic* ». Mon regard a balayé le groupe de nouveaux collègues mais s'est attardé deux secondes de trop sur lui. Mes yeux ont pris comme une photo que je ne réussis pas à effacer. Et puis, la tournée de bises a commencé. Quand lui s'est approché, je lui ai trouvé un sourire niais, si, si, je t'assure. Et j'en ai voulu à mon cœur de tachycharder. On aurait dit une vieille en fin de marathon. Il a posé sa main sur mon épaule. Qui fait ça ? Ça m'a presque brûlée à travers le cache-

mire. Mais j'avais envie qu'il la laisse. Qu'il la déplace un peu, qu'il modifie la pression de sa paume sur moi… Il n'a pas fait grand cas de moi et il s'est évanoui dans la foule, direction la salle de réunion. C'était un meeting méga-important, il paraît. On aurait pu me parler du rôle des carottes pendant la Seconde Guerre mondiale que je ne m'en serais pas rendu compte. De là où j'étais, c'était son profil que l'on m'offrait. Je n'aime pas son nez. Je me répétais ça, tout le temps. Comme je me serais dit : « Les Schoko-bons c'est nul, c'est rien que pour les enfants ». Pour ne pas craquer. C'est marrant comme un corps pressent le danger. Quand on est tous sortis de la salle vitrée, on devait rejoindre les tables dressées pour le cocktail. Le séminaire ne faisait que commencer. À mon grand désespoir mêlé d'une douce appréhension. J'ai quitté la meute et je suis allée appeler mon mari. Comme pour me rappeler qu'il existe, comme pour me souvenir de notre bonheur sans ombre, enfin, sans autre ombre que cet inconnu avec un nez qui ne me plaît pas, mais pas du tout. Tu nous connais, on a rigolé au téléphone, on s'est dit des mots doux, toujours, et j'ai raccroché. Ce que j'avais été idiote de m'inquiéter. Tout allait bien, après tout. Ce n'étaient que trois regards et deux menaces de crise cardiaque. J'ai replacé ma jupe portefeuille. J'aurais bien remonté mon collant mais on ne sait jamais quand on est seule. J'ai retiré une saleté sur le dessus de ma ballerine et quand j'ai remonté mon buste, il était là. Il m'a demandé les toilettes et j'ai répondu une phrase qui allait changer le cours de ma vie. J'ai dit : « Je ne sais pas où c'est mais

partition s'évanouissant dans un sourire complice ? Tu divagues, ma chérie. Quand il m'a demandé où étaient les toilettes, je lui ai répondu que je n'en savais rien, que je ne parlais pas aux inconnus et je l'ai planté là. Alors rien de tout ce que tu as imaginé ne s'est passé mais, inconsciemment ou non, j'avais semé une graine dans son esprit. Derrière moi, il répétait, amusé : « Je ne parle pas aux inconnus. » Encore fallait-il qu'il me reste inconnu tout le séminaire.

je vous accompagne. » Oh, je t'entends penser, tu crois que nous les avons trouvées et que je l'ai suivi dans le couloir des hommes, que nous avons privatisé la cabine handicapés pour un long moment, que j'ai verrouillé la porte en le regardant droit dans les yeux et en tentant de calmer mon cœur qui battait dans ma poitrine prête à se dévoiler ? Tu imagines qu'il a compris, qu'il a retiré son pull par le haut après avoir croisé les bras, j'aime les hommes qui se déshabillent comme ça, un mec qui enlève son pull bras après bras me débecte. Tu crois qu'il est resté silencieux et qu'il n'a pas protesté quand je me suis approchée de lui chemise ouverte sur un soutien-gorge blanc en dentelle, quand je l'ai embrassé comme si je n'avais pas embrassé quelqu'un depuis des siècles, comme on se jette sur un buffet sucré en pleine crise de boulimie, quand j'ai fouillé sa bouche avec ma langue, appréciant la chaleur humide de ses lèvres rebondies comme porte d'entrée d'un plaisir qui montait. Tu penses qu'il a collé son sexe durcissant juste en dessous de mon nombril pour me faire comprendre que c'était prêt, que je pouvais… Tu te figures que j'ai baissé mon collant pour de bon, relevé ma jupe, fait tomber ma culotte sur mes chevilles puis ôté le pied gauche pour une meilleure amplitude de mouvement, pour mieux la lever et la caler contre ses fesses tout en insérant son membre gonflé à bloc dans mon sexe glissant en un mouvement sec et précis ? Comme si, sur le moment, ma survie en dépendait ? Tu es certaine, désormais, que nous avons dansé ensemble une valse torride marquée par des à-coups jouissifs jusqu'à une fin de

Achevé d'imprimer en juin 2024
sur les presses de la Nouvelle Imprimerie Laballery
58500 Clamecy

Numéro d'impression : 405781

Imprimé en France

La Nouvelle Imprimerie Laballery est titulaire de la marque Imprim'Vert®